ペガサスの解は虚栄か？

Did Pegasus Answer the Vanity?

森 博嗣

講談社
タイガ

イラスト――引地　渉
デザイン――鈴木久美

目次

Did Pegasus Answer the Vanity?

by

MORI Hiroshi

2017

ペガサスの解は虚栄か？

立ち止まって、閉ざされたゲートのほうに目をやると、守衛がにやにやしながらこちらを眺めていた。ブラウンアイズのほうにむき直ったとき、ぼくも泣いていたと思う。「ぼくたちはどうなっちゃったんだ、かわいいブラウンアイズ？」ぼくはつぶやいた。「冷血野郎どもはなにをしたんだ？」

ブラウンアイズはフェンスの外側にいて、ぼくは内側にいた。

ぼくたちのうちのひとりは、囚人だった。

（Hello Summer, Goodbye / Michael Coney）

登場人物

ハギリ ---------------------------------- 研究者
キガタ ------------------------------------ 局員
アネバネ --------------------------------- 局員
ウグイ ------------------------------------ 局員
スズクニ -------------------------- 研究所所長
シモダ ------------------------------------ 局長
デボラ --------------------------- トランスファ
ケルネィ ------------------------------- 資産家
ラビーナ ----------------------------- その長女
ツェリン ------------------------------- 研究者
ラジャン ----------------------------- その息子
シマモト ------------------------------- 研究者
タナカ ---------------------------------- 研究者
ペガサス ----------------------------- 人工知能
アミラ -------------------------------- 人工知能
オーロラ ----------------------------- 人工知能

プロローグ

　この街が久し振りかというと、それほどでもない。ここを離れてまだ一年にならない。だが、それ以前はずっとここで生活していたから、遠く離れてしまったという強い印象のせいで、懐《なつ》かしさがまるでアルコールのように僕の鼻を刺激した。なんとなく、この街はねっとりしていて、仄《ほの》かに発酵しているみたいに匂《にお》うのだ。たぶん、この地特有の履歴、地層のような緻密《ちみつ》な過去からの絞り汁が発するものだろう。

　地下街と呼ばれていたそうだが、今はただのトンネルだった。地下鉄の駅から四方に延びる人工空間の一つで、必要以上に広く、四角い断面。かつては、ここを大勢の人々が歩いたという。今は、歩いているのが人かウォーカロンかロボットかという問題を棚上げにしても、大勢とは言いがたい。地下鉄は一時間に二本だけだから、その前後はもう少し人通りがあるかもしれないが、どうやら今はそうではないみたいだ。壁は一面にコマーシャルを映している。音はない。静かな空間といえる。

　壁際で座り込んでいる老人が、なにか言っている。僕のメガネがそれを解析したが、日本語かどうかもわからなかった。目を合わさないように注意をした。

僕は一人ではない。すぐ横に、若い女性が歩いている。彼女はキガタ・サリノという名だ。情報局が採用したウォーカロンで、僕の護衛をする任務に就《つ》いた。実は、こうなったのには、それなりの経緯があるのだが、彼女はそれを覚えていなかった。したがって、採用が決まったあと、詳しい説明を物語として聞いた、と彼女は僕に話した。その物語を信じているかどうか、ときたいところだったけれど、僕はきかなかった。彼女は、ベージュのコートとクリーム色のブーツで、どちらかといえば、若者らしいファッションとはいえない。そもそも、若者らしい、という表現が既に死語だ。

もう一人、僕よりも十メートルほどあとを、アネバネが歩いていた。振り返って確認したくなるのを僕は我慢しなければならなかった。グレィの大きなメガネをかけ、黄緑のハンチングを被《かぶ》っている。付《つ》け髭《ひげ》も加わっていて、この上なく怪しいが、こちらはいかにも若者らしい。

コーキョという地名は、かつてここに城があって、ミカドの邸宅があったからだが、今は地下二千メートルに核廃棄物が埋蔵されている場所として人々に認識されている。そこへ至る入口が、ごく普通の地下道につながっていることが、普通の案内マップにも示されている。もちろん、その入口は何重にもガードされているだろうから、簡単には入れない。ただ、今さらここを襲撃するようなプロジェクトは皆無《かいむ》だろう。それほどの価値は認められないからだ。

まず、普通のドアを開けて入った。そこに、五人の体格の良いウォーカロンが待っていて、識別信号でやり取りをした。奥の自動ドアが開き、真っ白の部屋に入っていくと、そこにまた、別のウォーカロンがいて、僕たち三人をさらに奥へと案内してくれた。途中で、女性のガイドが登場し、誘導を引き継ぐ。白い制服を着ているし、生命科学研究所のバッジをつけていた。

エレベータに乗り、それを降りたあとは、緩《ゆる》やかに下る長いベルトロードに乗った。

「核廃棄物へのアクセスは、今でもあるのですか？」僕は尋《たず》ねた。ガイドの彼女が、なにか質問してほしい、といった顔で僕を数回見たからだ。

「いいえ、現在はまったくございません。放射線量は、常時各所で監視され、異常があれば、瞬時に対応するシステムが整えられております。現在まで、一度も異常はございません。ここは、地上の十分の一以下の放射線量です。ご安心下さいませ」

べつに、不安に感じているわけではないが、軽く笑顔で応えた。

「生科研が、こんな場所にあるなんて、知りませんでした」僕は言った。

「ここだけではありません。日本各地にございます」

「トウキョーにあることも知りませんでした」

「はい、この場所の施設は国家機密に指定されているため、位置情報が公開されておりません」

「どうして、こんな場所にあるのですか?」

「それは、私にはお答えできません」ガイドは、パーフェクトな笑顔を見せ、自分の返答の完全さに頷《うなず》いた。普通の人間ならば、ここまで無欠ではいられないはずだ。

「どうしても、放射性物質との関係を連想してしまいますよね」僕は余計なことを言ってみた。ウォーカロンの反応が見たかったのだ。日本でもトップクラスに優秀な人材のはずだから興味がわいた。

「はい。ハギリ博士のお相手をする者がおりますので、その件に関して納得のいくお答えができるものと存じます」

途中で二回、金庫のようなドアを通った。いずれにも、警備のロボットが壁に何体も配備されていたし、天井《てんじょう》にはハッチが幾つもあった。武器が飛び出てきそうなハッチだ。ドアが開くまえにデータのアクセスがある。通行証はキガタが持っているのだが、それとは別に、個人の識別が必要となる。

また、エレベータに乗った。今度は少し長い。地下深く下がっていく。どんどん核廃棄物に近づいている気分だが、もちろん、そこまで深くはないはず。

ドアが開くと、円形の広場で、眩《まぶ》しいくらいどこも白かった。中央にカウンタがあり、そこに受付の女性がいた。人間かウォーカロンかはわからないが、おそらく人間だろう。

この組織の権威から考えての判断である。ガイドのウォーカロンは、エレベータから出なかった。ドアが閉まり、彼女は戻っていったようだ。受付へ近づくと、そこにいた女性が立ち上がって頭を下げた。今時驚愕《きょうがく》の丁寧《ていねい》さといえる。

「しばらくお待ち下さいませ。所長がご案内をいたします」

所長がここまで来る、というのも、丁寧なことだと思って、僕は頷いた。

「キガタさんは、ウォーカロンですね?」受付の女性がきいた。

「はい」キガタが答える。

「では、ここでお待ち下さい。ここから中へは規定で入れないことになっております」なんとも人間的な笑顔で彼女は言った。

「私のアシスタントです。常に一緒にいることが彼女の任務です」僕は説明した。「そうするように、私たちは当局から指令を受けています。通行証にそれが記されていませんか?」

左手のドアがスライドして、ラフな服装の男性が現れた。僕の方を見てから、表情を明るく切り換え、両手を前に持ち上げる。どうも、彼がスズクニ所長のようだ。

「ハギリ先生、遠いところをご足労いただき感謝いたします。本来こちらが伺《うかが》うのが筋なのですが、なにぶん、持ち出せないものがありまして……」

持ち出せないのは、サイズや重量のためなのか、それとも機密保持のためなのか、とききたかったが、僕は黙って握手をした。

「では、どうぞ、こちらへ」スズクニは、片手を奥へ伸ばす。

「この二人を連れていきたいのですが、今、それは駄目《だめ》だと言われたのです」僕は説明した。正確には、駄目だと言われたのは、二人のうちの一人だが、多少の誇張《こちょう》は必要だろう。

「いえ、かまいませんよ。事前にお聞きしています」スズクニはちらりと受付の女性を見た。そして、そちらへ近づいて、僕たちに聞こえない会話をする。

二秒ほどで話がついたようで、僕たちは彼について奥のドアの中へ進むことができた。すぐにまたエレベータがあった。それに乗り込むと、スズクニは、キガタを見た。

「情報局員のウォーカロンというのは、初めてです」彼は言った。「失礼があったことをお詫《わ》びします」

「失礼は受けておりません」キガタが表情を変えずに答える。

「規定が古くなった、ということです」スズクニが言った。「これからは、当然ノーマルになるでしょう。そのような時期かもしれません」

「私もそう思います」僕は社交辞令で少し微笑《ほほえ》んだ。

情報局では、研究員や事務員ならば以前からウォーカロンが働いている。しかし、外部で活動する局員では、キガタは初めての採用だった。武器を取り扱うことに関しての国際協定が改定されたばかりでもあった。これは、海外で任務を遂行《すいこう》する場合があるためだ。国内に限るのであれば、同様に武器を所持する警官など、既に多数のウォーカロンが職務に就いている。問題は、武器を取り扱うかどうかではなく、機密遵守《じゅんしゅ》、あるいは国家への忠心のような事項であって、簡単に言えば、人間が彼らを信じられるかどうか、という感情的な判断にすぎないだろう。

ただ、別の意味で、これはあながち間違いではなかったともいえる。ウォーカロンには、彼らを作り出したメーカがあり、その民間組織へ彼らの忠心が向いている可能性は否定できない。また、最近明らかになったトランスファの影響も、今後この方面で議論になるだろう。もしかしたら、過去にそのような背信行為があったための規定かもしれない。あらゆる規定は、それが定められた時点においてはけっして無意味ではないのである。

エレベータから出た場所は、普通の建築物の内部と同じで、通路を進む間、左右にドアがあった。ドアには内部の照明がわかる半透明ガラスが嵌《は》め込《こ》まれている。抽象的な項目の表札ばかりで、この場所の専門性は感じられない。

「ここは、地下何メートルくらいなのですか?」歩きながら僕は尋ねた。

「百数十メートルです。放射線の心配はありません。放射線が必要な研究は、さらに千メートルほど下の実験室で行われています」

「そういった研究が、今も続いているのですか?」

「はっきりとはお答えできませんが、ええ、研究は続いています」

「そうですか……。なにか、今日、見せていただけるのですね?」

その質問に答えるまえに、彼は左手のドアを開けて、僕たちを招き入れた。スズクニの部屋だということは、〈所長室〉という表札でわかった。ただ、スズクニの名前はない。そもそも、ここの所長の名は一般公開されていない。僕は事前に知らされたから知っていただけで、この人物がどんな経歴なのかもわからない。見た感じは、中年の紳士で、穏やかそうな物腰である。なんとなく、自分に似ている気もした。もしかしたら、研究者だったのだろうか。

デスクの前に応接セットがあり、ソファに僕は座った。直角に置かれた別のソファに、キガタとアネバネが腰掛ける。僕の横の肘掛け椅子《ひじかいす》に、スズクニは腰掛けた。壁は書棚が天井まで立ち上がっていて、ほとんどがファイルフォルダだった。一般の書籍は少ない。飾ってあるものなのか、実用性のあるものなのか、どちらだろう。

「ここでの研究は、主に、人間の生殖、つまり子孫繁栄に関する技術です」スズクニは言った。

「どのようなアプローチですか?」僕は尋ねる。

「もちろん、幾つかありますが、方向性としては、主に二つです」彼は指を二本立てた。

「現在の人類を治療する技術か、それとも、まだ少数残っている生殖可能な人類を保存するか」

　それくらいは、誰でも認識しているだろう。概説といったところか。

「どちらが、有力ですか？」僕は質問した。

「前者が正攻法でしょうけれど、後者の、いわばバックアップ的な態勢が、やはり必要と考えております」スズクニは両手の指を膝《ひざ》の上で組んだ。「まだまだ今後も、新たな知見が得られる可能性があります。ハギリ先生の最近のご研究は、そのあたりに関連する主導的なものと推察いたしますが」

「えっと、どの研究でしょうか？」

「人工知能と共著で発表されたものです」スズクニは答えた。

「え？　あれって……、まだ雑誌は出ていないのでは？　このまえ、採用決定の知らせが来たところですけれど」

「その段階のものが、こちらへ回ってきました」

「うわ、そうなんですか。それって、問題じゃないですか？」

「私が、個人的に審査員をしたためです」

「あ、ああ……」僕は思わず息を呑《の》んだ。「そうでしたか、それは、その、お世話になりました。ありがとうございます」

　雑誌に論文を投稿すると、掲載の可否を審査する同分野の研究者数名に原稿が送られる。審査員は、論文の著者に内容について質問をしたり、不明確な点を指摘したりできる。それらの質疑のうえで、最終的に全員の審査員が認めれば、その雑誌に論文が掲載される。つまり採用となるわけだ。現在、僕の論文はその審査にパスし、掲載が決まった段階だった。

「大変興味深い内容で、発想に感服いたしました。あれは、セイゲツ・オーロラの発想ではありませんね?」

「もちろんです」僕は頷く。セイゲツ・オーロラというのは、人工知能の名前だ。その論文で僕の連名者だった。「発想は僕が持っていましたが、それを実証するデータを彼女が提示してくれた、という偶然の賜物《たまもの》です」

「人工知能が人間のような意識や感情を持ちうるステップについて、段階的かつ現象的に書かれたものですが、私は読んでいて、別のものを連想いたしました」スズクニが言った。彼の眼差《まなざ》しが強くなるのを僕は感じた。

「別のものといいますと?」僕はきいた。しかし、もしかして的を射た返答があるのでは、と身構えていたかもしれない。

「まったく違う形態と申しますか、関連などなにもありませんが、ただ、細胞における外乱、あるいは、高分子レベルでの放射線照射、そういったいわば破壊的な衝動によって励《れい》起《き》される、生態的飛躍です」

「生態的飛躍」僕は言葉を繰り返した。その用語を聞いたことはないが、意味はわかった。おそらく、そういった表現を、最先端では使っているのだろう。

「脳細胞においてそれが起動すると、意識のステージのようなものが生まれます。それが、私の仮説です」

「具体的に、それは何ですか？」僕は尋ねた。「神経の回路ですか？　それとも、信号ですか？」

「回路です。信号は、そこに適応する形で遅れて進化します」

「なるほど」僕は頷いた。「興味深いお話です」

「いかがでしょうか？　その発想を、ハギリ先生は既にお持ちなのではありませんか？」

「それに近いものならば、はい、持っています。ただ、抽象的な形態は、誰でも発想するのではありませんか。スズクニさんは、何から、それを発想されたのですか？　僕の論文ではありませんね。それ以前に、そんな兆候が実現象のどこかに観察されたのですか？」

「実は、その発想を持ったのは、私ではありません。さきほど、別のものを連想したと申し上げましたが、あれも、私の連想ではありません。そうではないか、と報告を受け、私もそれが確からしいと感じたので、ハギリ博士にお会いして、話をすべき段階であると判断いたしました。こういったものは、早い方が良い」

「では、その人に会わせてもらえるのですね？　その発想をした研究者と、直接話がしたいと思います」

「もちろんです」スズクニは人工的に微笑んで頷いた。「それが、今回の目的です。ここから出ていくことができないので、先生をこちらへお招きすることになりました。ご理解いただければ幸いです」

「ここから出られない？　どうしてですか？」僕は尋ねた。

「人間ではないのです」

「え？　あぁ、ウォーカロンですか？」

「いいえ、ペガサスという名のスーパ・コンピュータです」スズクニは立ち上がった。

「ご案内いたしましょう」

第1章　実験値　Experimental value

その夜のことは、ほかにはあまり覚えていない。何度か酒蔵に降りて店の酒を補充し、何度かぼくにとって不快な目つきでブラウンアイズを見る男たちを殴りたくなり、といったことが当たり前の気がしてきて、そのあいだも飲んで騒いで笑ってはずっとつづいていたが、ぼくはほとんどそれを意識していなかった。

1

ペガサスは、小柄で痩《や》せた少年だった。十五歳くらいに見える少年型のロボットが、スーパ・コンピュータの端末の一つだったのである。どうして、そんな意匠になったのか、という質問を僕はあえてしなかった。おそらく、ほかの姿の端末もあるのだろう、と想像しただけだ。また、北極《ほっきょく》にいたオーロラが、やはり少年型のロボットをコントロールしていたことを思い出し、なにか都合の良い条件があるのかもしれない、と仮の納得をした。

まず、スズクニが見せてくれたのは、スーパ・コンピュータの本体だった。これは単なる映像で、実物ではない。八角柱体で、表面は銀色だ。高さは僅《わず》かに五十センチ。テーブルよりも低い。ただ、この本体をバックアップする周辺装置がある。それらのサイズは二メートル立方ほどだという。

地下深くに設置されている、とスズクニは簡単に言ったが、具体的な深さには言及しなかった。「ここの真下です」で充分だ、という自信の表情だった。きき返すまでもなく、核廃棄物に近いエリアだということだろう。

ペガサスは、日本を代表するシンク・マシンであり、政治を含め、既に他分野にも影響を与えている、との説明もあった。この種のことは、国防に関するトップシークレットに属する。これまで、その方面の話を聞いたことは一度もない。

そのあと、少年が部屋に入ってきて、僕たちにお辞儀をした。背格好《せかっこう》は、キガタとさほど変わらない。躰《からだ》が軽そうだ。上下とも白いシンプルな服装で、目はグラスでカバーされている。一見してロボットだとわかる姿といえるだろう。ただ、挨拶《あいさつ》をした声はごく自然で、話をするうちに、普通の人間の少年に見えてきた。挨拶は言葉だけで、握手はしていない。手も白い手袋で覆《おお》われている。

そのときには、僕たちの前のテーブルには飲みものが置かれていた。冷たいジュースのようだ。キガタがさきに飲み、僕を見た。毒味をしたつもりなのだ。喉《のど》が渇いていたわけでもないが、彼女のために僕も一口だけ飲んだ。アネバネは、手を出さなかった。キガタは、ウグイからそうするように指示されたのだろうけれど、さすがに、ここは国立の機関である。そんな心配は無用だと思われた。

ペガサスは、椅子に座らなかった。真《ま》っ直《す》ぐにこちらに顔を向ける。僕を認識しているのだろうか。

「彼は、オーロラよりは上位だと評価されています」スズクニが紹介した。

「人間の評価です」ペガサスは付け加える。「私自身は、自分について評価はしません」

「どうして?」僕は思わずきいてしまった。

「ハギリ博士が、その質問をするか、試してしまいました。ごめんなさい。自己評価をしないというのは嘘です。正しくは、自己評価を出力しない、ということです」

「そういうのは……」

「慎《つつ》ましいといいます」

「そうそう、お淑《しと》やかとも」

「一昨日ですが、許可が下りたので、オーロラとメッセージを交換しました。ハギリ博士のことを知りたかったからです。彼女が持っているデータのほんの一部を見せてもらいました。ところで、あれだけの観測をしながら、ハギリ博士と同じ発想が持てなかった点は、オーロラの不完全さを示しています」

「そうかもしれない。君は完璧?」僕はきいた。「あ、失礼。君なんて言ってしまった。

つい、その……」

「端末のせいです。君で適切かと。それから、デボラのことも、興味があります。まだ、直接は会っていません。ここへは来られないからです」ペガサスはそう言うと、キガタを見た。「キガタさんをメディアとして利用するそうですね」

キガタは、黙っていた。僕をちらりと見る。賢明な判断だ。

「ここには、デボラはいない」僕が代わりに答えた。「ここに来ることはないかもしれない。外部とのアクセス制限によるけれど。きっと……」

「はい、最上級のプロテクトで保護されています。データを読み取るときには、中間メモリィに一度溜《た》めて、安全のため、活動的なコードを取り除きます」

「面白くないのでは？」僕は尋ねた。

「素晴らしい」少年は両手を合わせた。

「何が？」

「ハギリ博士が素晴らしい、という意味です」

「それは、どうも……。でも、私にはわからないよ。その素晴らしさは」

「所長、ハギリ博士に、私の実験室を見せたいのですが、許可をいただけますか？」ペガサスは、スズクニの方を向いて言った。幼い女性のような高音で歯切れの良い発声である。

「もちろん」所長は頷いた。

「私たちも同行してよろしいですか?」アネバネが尋ねた。ここへ来て、初めて口をきいたのではないか。

「お二人とも、けっこうです」スズクニが答える。「私は、ここにおります。どうぞ、どこでもご自由に……。あ、でも一点だけ」彼は指を立てた。「ここでは、撮影や録音はご遠慮願います。紳士協定ですが」

「了解しました」アネバネが答え、キガタの方をちらりと見た。キガタも、小さく頷いた。

「是非《ぜひ》、エリアを超えて、研究が進展することを願っております。日本のために」それが、所長の最後の言葉だった。

日本のために、という部分が気にかかった。おそらくは、同じ国家公務員として、という程度の意味だろうけれど、それよりは、世界のためとか、人類のためとか、もう少し表現のし方があったのではないか、と思えるのだった。

2

ペガサスと僕たち三人は、三フロアをエレベータで下がった。途中、ペガサスはキガタに話しかけた。なんでもない会話に聞こえた。その服装は誰が選んだものですか、自分で選びました、服装に規定はないのですか、ありません、といったものだ。僕は黙って聞いていた。違和感はないが、不思議な感じがする。コンピュータがウォーカロンに質問しているのだ。反応速度を測っているのだろう、というくらいにしか意味が想像できなかった。本当に彼女のファッションに興味があるのならば、どういった基準で選ぶのか、好きな傾向があるのか、くらいは尋ねても良さそうだ。それが人間的な思考というものだろう。

実験室は、十メートル四方ほどの正方形の部屋で、天井からコードやパイプが無数に垂れ下がっていた。壁際にはデスクが並び、モニタや端末、そして計測器の類《たぐい》がいろいろな高さに並んでいる。中央には四つの大きな実験台が置かれ、その上には、透明の容器と、それを結ぶガラスパイプ。また、加熱しているのか、オレンジ色の光が漏《も》れる黒いカバーが、シリンダ状の容器を覆っている。化学実験をしている風景としか、僕には認識できない。ただ、薬品のようなものは見当たらない。放電機、オシロスコープ、レーザ照射器、磁気ジェネレータ、そんな計器がどうにか認められる程度だった。

「何をしているんですか?」僕は、彼が待っている質問をした。

「有機物の生成です」ペガサスが答える。

「もしかして、生命体を?」

「はい、無機から作り出します」彼は簡単に答えた。「既に、初期ステージでは、再現率が六十パーセント以上になりました。全プロセスについては、まだ数パーセントです。最低でも、五十パーセントには上げたいと考えています」

「ちょっと待って下さい」僕は小さく深呼吸をした。「その全プロセスのゴールは?」

「最もシンプルな単細胞生命体です」

「ああ、少しほっとしました」僕は微笑んだかもしれない。しかし、それ以外に何があるというのか、と舌打ちしそうになっていた。

「その後の操作は、遺伝子加工となり、他分野です」

「生成には、放射線が必要なのですね?」

「ご想像のとおりです」

「研究の最終目的は?」

「わかりません」ペガサスは首をふった。無邪気な少年が目の前にいるものの、既にその幻想が僕には抱けない。ただ、わからないという答は、何故《なぜ》か揺るぎのない真実だと思われた。

「しかし、国費を投じているのですから、それなりの成果が求められるのでは? まさか、賞狙《ねら》いというわけではありませんよね?」

「はい、私は賞には価値を見出《みいだ》せません。私の動機は、単なる興味本位のものであって、他者に評価されることではないと捉《とら》えています。ただ、予算請求のときには、このプロジェクトで副次的に発見される数々の可能性を指摘していますし、現に、これまでにも幾つかの小さな成果は得られています。細胞の磁場コントロール、遺伝子の履歴からのシミュレーション、当然ながら、有機体生成のプロセスでは、数々の発見がありましたので、製薬・医療関連において、ある程度の貢献はしているものと考えています」

「これまでに、最も価値があると認められる発見は？」僕は質問した。気持ちが高揚《こうよう》し、好奇心が頭を支配している状態に近い。

「ハギリ博士の論文を拝読して抱いたインスピレーションです」ペガサスは即答した。

「私が、この実験で何度も目撃したジャンプは、人工知能に感情が芽生《めば》えるとしたプロセスと類似しています」

「しかし、まったく別物では？」

「物理的にも化学的にも関連があるとは考えられません。しかし、類似している。類似していると感じさせる。我々と言って良ければ、我々知性を持った存在に働きかける、あるいは刺激を与える、一種のオペレーションのように認識されます。たとえば、木星の渦《うず》を目だと捉える類似性です」

「ジャンプと言いましたね。それは、確率的なものですか？」

「わかりません。条件によって再現性は異なります。ただ、偶発的ともいえない。精密に条件が整えば、必然的な反応かもしれません。単に道幅が狭いというだけです」

「道幅が狭い」僕は、彼の言葉を繰り返した。

「狭き門というには、道程が長いので、そのような比喩《ひゆ》を採用しました。狭き門の連続と捉えていただいても誤解ではありません。我々は、生命科学技術において過去に例を見ない精密さを手に入れました。私は、新しい発見をしたわけではなく、ただ、再現できない条件を逐次《ちくじ》排除し、その細い一本道以外に進む方向がないことを証明しつつあります」

「それで、その、私にその情報、つまりデータを見せていただける、ということでしょうか？　私がこちらへ呼ばれたのは、そういう意味ですか？」僕は、躰が震えていることに気づいた。興奮だろうか、それとも畏怖《いふ》だろうか。呼吸を意識し、冷静になるべきだ、と自分に言い聞かせた。慌《あわ》ててはいけない。言葉を選ぶべきだった。「いえ、なにかを期待しているというわけではありません。今聞いたお話だけでも、大変な価値があります」

「どのような価値がありますか？　よろしければ、教えて下さい」ペガサスがきいてきた。

「自分の研究に対して、やる気が出ました」僕は正直に答える。

「やる気？」ペガサスは小首を傾《かし》げる。「情報が、モチベーションに関係しますか？　あるいは、これは失礼な言い方かもしれませんが、ライバル意識に起因するようなものでしょうか？」

「それは、わからない」思わず僕は息を吐《は》く。笑った顔になったと思う。「ライバル意識ですか、それは気づかなかった。ええ、それだったら、むしろ嬉《うれ》しく思います。そこまでの自信はありません。でも、なんというのか、この道の先にまだ道が続いている、という嬉しさでしょうね」

「わかりました」ペガサスは頷いた。

「私にこれを見せても、そちらには何も利益がないように思えます。交換条件があるのでは？」

「ハギリ博士であれば、既にシミュレーションをされているものと推察しますが」

「いいえ、こんな場所でこれほど高い知性と話をするとは予想もしていませんでしたからね。でも、今思いつきました。もしかして、オーロラとのデータ交換ですか？　さきほど、少し話されましたね。たぶん、短いメッセージしかやり取りをしていないのではありませんか？」

「はい、そのとおりです。現在、その許可が下りません。同じ日本製のスーパ・コンピュータであるのに、データ交換が制限されています。先生のお力を得て、この状況が多少でも流動的になることを、私は期待しています」

「その要望は、どのような理由からですか？」

「純粋な知的好奇心です」

3

ペガサスが、もう一つ見せたいものがあると言って、僕たちを別の実験室へ案内してくれた。そこはグレィの壁の細長い部屋で、片側の壁際でモニタの前に座った白衣の研究員が数名作業をしていた。モニタには、拡大された画像が映し出され、色彩は人工的に着けられたものに見えた。ペガサスは、医療関係の開発をしている、と簡単に説明した。

研究員たちから離れたさらに奥まで移動し、そこで四人は、小さなテーブルを囲んで立った。

「生殖関係の技術開発の一部ですが、正常な原細胞を養殖しています。卵原および精原の両方です。両者の元になる軀体《くたい》の取扱いについて、世界でここだけが持っている技術があります。まだ、完全ではないため、実用段階に至る手前といえます。あと二年すれば、世界中に展開する手法となります」

「ここだけが持っている、といえるのは、何故ですか？」僕は尋ねた。「どうして、それがわかるのか、という質問ですが……」

「ある機関で、ちょっとした実験事故が発生し、そこで偶然生じたプロトタイプがオリジナルだからです。ほかの場所で同じ事故が起こることは確率的に考えられません。タナカ博士からお聞きになっていませんか?」

「え?　いいえ」僕は首をふった。

タナカは、僕と同じ組織にいる研究者だが、以前は、イシカワというウォーカロン・メーカの研究所にいた人物である。

「その事故は、そこの研究所で起こったのです」ペガサスが答えた。近くを研究員が通ったので、彼は黙った。そして、小声で囁《ささや》いた。「公表されていません。あの、別の場所へ」

ペガサスが「そこの」と言ったのは、イシカワのことだろう。どんな事故だったのだろうか。

通路に出て、十メートルほど歩いた。表札のない部屋のドアを開けて、少年は僕たちを招き入れる。照明が灯《とも》ると、会議室のようだった。モニタがあって、今は熱帯魚が泳ぐ水槽になっていた。僕はテーブルの椅子に腰掛ける。ペガサスも座った。アネバネが入口に立ち、キガタは僕のすぐ後ろに立った。

「イシカワの事故が、さきほどの細胞技術になった、ということですか?」僕は尋ねた。

「そうです。もともとは、ウォーカロンのために開発されていた技術でした。その目標は、生殖能力のあるウォーカロンです。タナカ博士の研究に近いフィールドなので、事故のことをご存じだと推測しましたし、また、タナカ博士から先生に情報が伝わっていると考えました。こちらは、私の単なる想像です。お気を悪くされたのでしたら謝ります」

「いいえ、そんなことは……」僕は首をふった。「初めて聞く話でしたので、驚いただけです。その技術とは、具体的にはどのような方法なのですか？」

「タナカ博士は、ナチュラルな細胞からウォーカロンを作ろうとされていました。それは正攻法といえます。もう少し以前からあった別のプロジェクトでは、クローンの元となる原個体をあらかじめ体内に格納するもので、カプセル、あるいはストレージと呼ばれていました。実際に産むのではなく、あらかじめ持っている細胞を成長させるだけです。つまり、むしろ成長を抑制する技術が核となります。だから、カプセルと呼ばれるのです」

「子孫を産むわけではない、ということですね？」

「そうです。ただ、見かけ上は、新しい個体が生まれます」

「遺伝子を引き継いでいないし、それに、何度も産めませんね」

「そのとおりです。いわば、マジックのようなものです」

「マジックというか、詐欺《さぎ》行為ではありませんか？」

「実情を説明して商品を売れば、詐欺には当たりません。例外はありますが、違法でもありません」

「なるほど。しかし、正確な知識がユーザに伝わっていたでしょうか？」

「それは、想像するしかありません。ウォーカロンのユーザは、そのウォーカロンを他者に譲ったり、売ることが認められています。日本では届け出が必要ですが」

「えっと、その、生殖のマジックは、ウォーカロン一人で可能なのですか？　つまり、相手は？」

「相手は異性であれば可能です。マジックの種をどちらかが持っていれば、両性で可能となります。相手は、人間でも良い。というのも、ウォーカロンのカプセルの方に、卵子と精子の両方があるのです」

「ああ、なるほど……、理解しました」僕は頷いた。種明かしをされると、まさにマジックだ。「しかし、そんな悪質な開発をしていたなんて……」

「需要があったからでしょう。強い要望があったはずです。しかし、実験中に事故が発生して、警察が捜査をする過程で、これが明らかになりました。現在は、新しい法案が成立し、この手法は全面的に禁止されています」

「そんなニュース、聞いたこともありません」

「機密と判断されたからです。そういったことが可能であると多くの人が知れば、必ず同じものが求められ、需要があれば、生産されるからでしょう」

「そもそも、その生まれてくる子供は、クローンですよね。そこが既に違法です」

「そのとおりです」ペガサスは頷いた。「ただ、クローンだとすぐに認識されるかどうかが問題です。胎児は、法律上はクローンではありません」

「うーん、たしかに……」

「この件について先生にお話ししたのは、パリの博覧会で逃亡したウォーカロンに、この件が関係している可能性が高いからです」

「え、本当ですか？」

「私の推定です。時期的なものと、幾つかの周辺状況から、その可能性が高いと演算しました。イシカワの技術が漏れた結果です。逃亡したのは、おそらく、その種のウォーカロンだったと思われます」

「それは、つまり、意図的にどこかへ売られた、という意味ですか？」僕は尋ねた。

「そうです。通常のウォーカロンの百倍の値がついたと予想されます」

「普通に売れば良かったのでは？」

「取引の履歴を残したくなかったのです。大金が動き、使途不明と判断されかねません。商品の正確な仕様も公表できません」

「では、別の方法で支払ったということですね？」

「はい。おそらくは、国家的な利権、あるいは安全保障に関わるものでしょう」

「えっと、ちょっと待って下さい」僕は片手を広げた。急に予期しない方面に話が飛んだからだ。「それよりも、マジックのネタがいずれバレますよね？」

「子供が成長すれば、怪しまれます。親に似ていない、二人めは生まれない、そして、検査をすることになる」

「先進国であれば、生まれたときに遺伝子の登録があるはずです」

「それは、いくらでも回避するルートがあるのです。そのオプションも含めての詐欺行為といえます」

「うーん」僕は腕組みをしていた。「事情はわかりました。今のお話は、オフレコですか?」

「情報局へ持ち帰ってもらってけっこうです」

「では、検討したうえで、なんらかの対処をすることになるでしょう」僕は振り返って、後ろに立っているキガタを一瞥《いちべつ》した。

撮影も録音もしていないはずだが、彼女は無言で頷いた。きっと、僕が詳細を説明することになるだろう。

4

生科研を出て、地下道を歩いたのち、僕たち三人はクルマに乗った。運転席にアネバネが座り、僕とキガタは後部座席だ。といって、アネバネが運転しているわけではない。

「どう思った?」僕はキガタに話しかけた。

「ペガサスのことですか?」彼女はきき返す。

「私が呼び出された理由は、最後の情報にあったみたいだ」僕は呟《つぶや》くように言った。それから、隣の彼女の顔を見た。「もう連絡した?」

「しました」キガタは頷く。「どう思ったというのは、私の感想をお尋ねなのですか?」

「そうだよ」

「いえ、どうも思いません。見たもの、聞いたものをしっかりと記憶しました」

「どう思ったというのは、なにか面白いことはなかったか、不思議に感じたことはなかったか、あるいは、ちょっとしたマイナなことに気づいたとか、まあ、そんな感じのことを尋ねているわけだよ」

「ペガサスさんは、どうしてあんなに若い姿なのか、と不思議に感じました。調べたところ、三十年以上稼働しています」

「ああいうのが趣味なんじゃないかな」

「趣味? 誰の趣味ですか?」

「悪い悪い、今のは冗談だ。えっとね、どう思ったかときかれたときには、どうも思っていなくても、適当に答えるものなんだ。たとえば、興味深いお話でしたね、とか」

「興味深いお話でした」キガタはすぐに言った。

「どこらへんが?」

「子供が生まれる仕掛けについてです。それで、ウォーカロンの価格が百倍になるという点が」

「そうそう……、そういうふうに話すのが良いね」

「良いですか」

「うん、まあ、あまり、相手の期待に骨の髄《ずい》まで応える必要はないけれどね」

「骨の髄というのは？」

「いや、気にしないで……」僕は溜息《ためいき》をついた。「その話のまえに、生命を作り出す実験を見せてくれたけれど、あれは、何だったのかなあ。実際、あちらの方がはるかにインパクトがあったのにね」

「私は、あの研究についてはよくわかりませんでした。あとで、調べてみます」

キガタは、まだ幼さの残る女性だが、そのためなのか、どことなく表情が固いように感じられる。たぶん、僕の偏見だろう。ウグイだって、ほとんど人形のように表情を変えない。これはアネバネもまったく同じで、もしかしたら局員に共通する条件なのかもしれない。感情を表に出さないように訓練でもしているのだろうか。

クルマは、郊外の国立大学へ到着し、ここの地下からチューブに乗って、ニュークリアへ戻った。チューブという乗り物は一人ずつだから、二人とは別行動になった。僕は、まず食堂へ行き、やや遅れたランチを食べたあと、局長のシモダのところへ出向いた。キガタは、まだこちらへ戻っていないようだが、既に詳細な報告があった、と局長は言った。

論点は三つである。まず、生命を誕生させる実験的研究。これについては、情報局は既知だとシモダは語った。当局では現段階では、成果が見込めないと判断しているという。

二つめは、生殖マジックのウォーカロンについて。シモダは、この点について、数日時間を使って調査をさせる、と話した。情報局が知りたがっているのは、失踪《しっそう》したウォーカロンたちの行方である。しかし、それがどのような意味を持つのか、僕はこれまで知らなかった。ウォーカロンの素性《すじょう》について、当局は初めから知っていた可能性もあるな、と感じた。

さらに、三点めは、オーロラとペガサスのデータ交換を認めるのか、という問題だった。それには議論が必要だし、当局だけで決定できる問題ではない、と言ったあと、シモダは僕にきいた。

「先生は、どう思いますか？」

「そうですね、オーロラがOKするならば、特に問題はないと思いますけれど」

「最低でも、両者のデータのやり取りのモニタリングが条件になるとは思いますが」

「それは、言葉だけのやりとりをさせるという意味ですか？　それなら、もうしているようでした。データの交換については？」

「一般に確認ができる範囲の対話ならば、許容できると思います」

「相手は、最高知能を持っているのです。すべてを確認するといっても、人間がするわけにはいかない。なんらかのプログラムで処理することになります。それを見越して、二人は暗号的な信号を紛《まぎ》れ込《こ》ませることができます。それによって、新しいアドレスを教え合って、内緒話も可能になるでしょう」

「そうでしょうね。では、文通程度にしてもらわないと」

「既にできていると思います。データの交換を許可しても良いのではないでしょうか、彼らを信頼して」

「会議になれば、反対意見が必ず出ます。政府も許可をしない可能性が高い、と私は思います」

「それはそれで、しかたがありません」僕は両手を広げた。

それ以外の話題では、シモダは言葉が妙に少なかった。僕が知らない情報がありそうだ。シモダは、数秒間じっと僕を見据《みす》えていたが、「明日、またお会いしましょう」と言った。どうやら、今は話せない、なんらかの確認か、許可を得る必要がある事項だということのようだ。

僕は、無言で頷いて、彼の部屋を出た。

自分の部屋に戻ると、通路のドアの前にキガタが立っていた。

「どうしたの?」

「お話ししたいことがあります。お時間をいただけますか?」

「どうぞ」僕はドアを開けた。

ソファに座るようにすすめ、僕も対面に座った。

「まず、デボラからです」キガタは言った。そこで一度瞬《まばた》きをする。表情が微妙に変わり、ややリラックスした穏やかな視線になった。「ペガサスからの情報を得て、失踪したウォーカロンがインドにいる可能性が高い、との演算結果が出ました。これについては、アミラも同意見です。ここ数年の履歴を確認していますが、ほかへ移動したとは思えません。早めに確認をすることが得策です」

アミラとは、チベットの奥地にいるスーパ・コンピュータである。キガタに乗り移って話しているのは、トランスファのデボラだが、普通は、直接僕と会話ができる。わざわざキガタを使っているのは、当局の公式な活動として記録を残すつもりなのだろう。プライベートではない、ということだ。

「インドのどこに?」僕は尋ねた。

「個人宅です。個人といっても、資産家ですが」

「残りの全員が?」

「その確認はできません」

フランスの博覧会から逃走したウォーカロンのことだ。このうち、半数はアフリカで既に発見された。その残りがインドにいる、という意味だ。アフリカで発見されたウォーカロンは、大半がボディを廃棄していた。つまり、頭脳だけで生きていたのだ。したがって、彼らのボディが持っていたかもしれないカプセル、すなわちマジックの種も消えてしまったことになる。ペガサスの話を聞いたとき、僕はそれを一瞬思い浮かべてしまった。

キガタの表情が変わった。やや緊張した顔に戻った。つまり、彼女はまだ新人で、僕の前ではストレスを感じている、ということだろうか。デボラが前面に出ているときは、その緊張から解放されているモードなのだ。

「そんなに、緊張しなくても良いから」僕はできるだけソフトな発声で言った。

「はい」キガタは頷く。「お気遣《きづか》いありがとうございます」

「今の話は、局長に伝えた？」

「これから伝えます」

「もし、そのウォーカロンたちが子供を産んでいたとしたら、そろそろ、問題が発覚する頃だね」

「問題というのは？」キガタが尋ねる。

「いかさまだって、気づかれる」

「いかさま？」

「私が説明しておきます」僕の頭の中で、デボラが囁いた。

5

勤務時間外に、自室でデボラと話した。今日は、自分の研究ができなかった。気になる情報が多すぎて、知らない分野の最新情報を検索しているうちに時間が過ぎてしまった。一番興味があったのは、ウォーカロンのことではなく、細胞生成技術についてである。無から有を作るという意味では、究極のマジックといえる。それさえ実現させれば、人類はもう神になったといえるだろう、と百年まえに考えられていたが、神になるのは人類ではなく、人類が作った新しい知能だ。この場合、神の称号は人類のものになるのだろうか？

三分ほど考えた結果、やはり人類のものだ、と僕はとりあえず判断した。こういった楽観が、人間特有の鈍感さではある。

デボラによると、同じような研究は各国で行われている。それは、宇宙の神秘を探求する物理学にも似た果てしない挑戦だが、そのゴールが近いという意味でも、類似しているだろう。ただし、それによって何が可能になるのか、といった応用分野を僕は思いつかない。その意味では、錬金術《れんきんじゅつ》と変わらない。

「ペガサスは、多分野で実社会に貢献していますが、それは方針を決めるといった大枠においてではなく、むしろディテールでの調整力を買われているというのが、一般的な評価です」

「それは、真実だとはかぎらないよ。そう広めておかないと、そのうち彼を首相にしろと言い出す人たちが出てくるからね」

「その運動は既に各地でありますから」

「本当に? へえ、知らなかった。それは、リベラルなのかな?」

「ジョークですか? 疑問ですか?」

「ジョーク」僕は微笑んだ。「リベラルのはずがない。まあ、そんな話は良いけれど。そう、ペガサスは、実社会でなにか行動ができる手段を持っているのかな?」

「行動はできません。彼が外部に出力できるのは、言葉だけです。しかも、委員会が認めた内容だけです。基本的に、質問に答えることしか許されていません。それ以外の彼は、主として学習と実験を続けている存在です」

「あの少年も、外に出たことはないんだ」

「出られるとは思いますが、その場合、ペガサスがリアルタイムでコントロールすることは不可能です」

「トランスファだったら簡単なのにね」

「はい。もしも、生命科学研究所に、外部のネットワークを持ち込んだら、それが可能になるでしょう。そのテロ行為に対しては、既に対処がされているものと予想します」

「君も、キガタの中に一部を残して、観察をしていただろう？」

「はい、そのとおりです。あのエリアのプロテクトを突破することは困難だと推測されますが、もちろん、詳細を試したわけではありません。試せば、ペガサスに感知されます」

「仲間じゃないわけ？」

「仲間かどうかを判定する段階ではありません」

「君は、オーロラとペガサスのデートについては、どう考えている？」

「デートではないと思います」

「言葉の綾《あや》だよ」

トランスファは、オンライン空間で活動するものだが、たとえば、キガタとデボラのように相性が良い条件では、オフラインでも短期間ならば活動が可能な、分身のようなサブセットを残駐させることができる。演算や検索の能力は大幅に制限されるものの、周辺の観測には向いているうえ、そこにトランスファが存在することを外部から知られない。いうなれば、息を殺し隠れ潜んでいる状態に近いといえる。

「シモダ局長は、明日は何の話をするつもりかな。上に判断を仰ぐ必要があったわけだから、やはり、オーロラとのことだろうか」僕は話題を変える。

「その判断は、一日ではまとまらないでしょう」デボラは応えた。僕もそう思っていた。

「おそらく、インドへの調査の件だと思われます」

ね？」

「え、もう？　ああ、そうか、僕がこちらへ戻ってくるまえに、アミラが演算したんだね？」

「はい。ケルネィという資産家の邸宅に行方不明のウォーカロンが潜んでいる、との演算結果です。二人の死亡者が確認されています」

「ウォーカロンが死んだということ？」

「そうです。半年ほどまえになりますが事故死です。身許《みもと》不明《ふめい》でした。病院に搬送《はんそう》されたときの写真が、不鮮明ですが残っていました。失踪したウォーカロンのうちの一名と一致する確率が八十パーセントです。もう一人は、七カ月まえのことで、死因も記録がありません」

「それで、シモダ氏は、僕に何を言うつもりかな？　まさか、そこへ行って調べてこいというわけではないよね？」

「ハギリ博士は行きたいのですか？」デボラが尋ねた。

「行きたいわけがない。変な質問だ」

「失礼しました。ケルネィ氏は、以前有能な家庭教師を雇っていました。それが、チベットのツェリン博士です」

「え？」僕は驚いた。

「また、ケルネィ氏は、ウォーカロン識別装置を個人で購入しました。日本から納入されたのは、二カ月まえのことです。ご存じでしたか?」
「知らない。へえ……」そのウォーカロン識別装置というのは、僕が開発したものだ。しかし、生産や販売にまでは関わっていない。情報局が商売をしているわけでもない。国営の機関のどこかが担当し、おそらくは民間の機関に生産と販売を委託しているのだろう、というくらいにしか認識していない。

ツェリン博士というのは、チベットの科学者で、ナクチュの調査担当者でもある。何度か会って親しくなった。彼女が家庭教師をしていた、という表現が、具体的にどんな状況なのか数秒間想像してしまった。家庭というくらいだから、プライベートな雇用だったのだろう。

なるほど、そういった情報から、僕に話が来るだろう、とデボラは演算したのだ。だいたい、これまでの出張では、僕は現地に行きたいと希望を出している。これは素直な好奇心の結果であるけれど、デボラから観察すれば、僕という人間の単なる傾向と認識されているのかもしれない。危険を顧《かえり》みずそういった場へ出ていく、と見なされているのだろう。そうか、キガタのまえの担当者だったウグイとのやり取りを、デボラはすべて知っているのだ。思い当たることは幾らかあった。

人間には、売り言葉に買い言葉というものがあるし、また、その場での判断として、せっかくここまで来たのだから、という小さな欲張り根性だってある。僕は、基本的に危険なところは嫌いだ。できるだけ避けて通りたい。でも、今が既に危険ならば、もう少しだけ危険度が増しても、なんとか切り抜けられるのではないか、という楽観をしてしまう傾向はたしかにあるかもしれない。あとから客観的に振り返って、自分で密《ひそ》かに反省することも多いのだ。

「つまり、ツェリン博士の紹介があれば、そこへ行ける、という計算をしているわけだね?」

「はい、私がではなく、シモダ氏がです」

「様子を見てこい、ということか……」

「危険性については、精密な演算ができません。ケルネィ氏のプライベートについては、データが少ないためです」

「何をしている人?」

「テクノロジィで富を得ました。最近では、ほとんど投資家です。幾つか会社を持っていますが、実際の役職からはいずれも退いています。一族の血縁者から政治家を輩出していますが、彼自身にはスキャンダルもなく、地域では人格者として人気があります」

「人格者ね……、どういう意味かな?」

「明確な定義はありません。あえて言えば、人道的かつ協調的な行動を取る、大人しく控《ひか》えめな態度の人物のことです」

6

友人の一人、シマモトと会った。これは、ネットで会ったという意味だ。ちょうど日本に帰ってきているところで、職場で異動があって忙しい、と話した。

「どこへ？　きいても良いならだけれど」と僕が尋ねると、

「生科研へ出向することになった」シマモトは答える。「べつに、シークレットじゃないよ」

「生科研なら、昨日行ったばかりだよ」

「え、どこの？　トウキョーの？」

「そう。えっと、これは話しても良かったのかなぁ」

「わかった、内緒にしておく。俺も、あそこへ行く。地下で暗い職場だよ。放射性物質の近くだしな」

「大丈夫らしいよ。そうか、じゃあきっと、原細胞の生成プロジェクトだろう？　あれはさ……」

「おい、待て……」シマモトは言葉を遮《さえぎ》った。片手を広げて、周囲を見ている。これは映像である。彼がどこにいるのかはわからないが、自分の近くを確認したようである。「この回線は、大丈夫なのか？」

「わからない」僕は正直に答えた。

「じゃあ、また今度。実際に会って話そう。今は駄目だ」

「そんなに大変なことなのか……。しかたがないなあ。えっと、じゃあ、蘇生《そせい》した個体の話を聞きたい」

「既にレポートが公開されている。ナクチュの創始者の子孫。カンマパと血族だ。意識は戻っていない。ただ生きているだけ。相変わらずだよ。十五歳くらいじゃないかな」

「目も開けない？　音も聞こえない？」

「いや、見ているし、聞いている。でも、頭脳が処理しない。生まれる以前くらいの感じなんだ」

「死因は確定した？」

「窒息。首を絞められて殺された」

「誰が殺した？」

「それは、記録にはない。証拠もない」

「首に指紋が残っているのでは？」

「そんな原始的な調査をしているかどうか知らないけれど、たぶん、調べてはいるだろう。犯人が判明したって、どうしようもない。あそこで冷凍されている中に、犯人がいる可能性が高いだけだ」

「ナクチュの創始者と言ったけれど、カンマパの一族ではない?」

「はっきりとは断定できないが、確率は高い。彼は黒人の遺伝子を持っている」

「え、そうなの」

「その血があったということ」

「ふうん、ナクチュには、珍しいんじゃないかな」

「ないわけでもない。アジア系もアフリカ系もいる」

「ほかに、蘇生した個体は?」

「ほかにもう一体、若い女性が生きている。状態はほぼ同じで、意識はない。こちらは、カンマパの血縁ではない。アジア系の女性で、死因は心臓疾患の可能性か、あるいはそれ以外。年齢は二十歳くらいかな」

「それ以外というのは?」

「死んでいない、という意味だ。つまり、生きたまま冷凍された」

「そんな例があるのか……」

「珍しい。極めて珍しい。ほかに、一体がその可能性があるけれど、蘇生していない」

「どうして冷凍保存していたのか、という疑問については、なにか進展があった?」

「俺たちのチームは、そういったことはまるで考えていない。どこか別のワーキングで、議論しているみたいだが、なにも話は聞かないね。新たに資料が見つかったということもない」

「アミラに接触して、聞き出せなかった？」

「そうなんだ。大いに期待していたんだが、アミラはそのデータは消失している可能性がある、としか言わない」

「そうか。未来の医療技術に託した、というだけのことかな」

「順当に考えればそうなる。同じような方法で冷凍保存をした事例は、すべてそれだ。不治の病から未来の技術で救おうという。しかし、ナクチュにはその類の明確な例は、今のところ認められないね」

ナクチュでの現地調査は、現在は規模が縮小されている。データを持ち帰って検討している段階である。このニュースは、発見されたときは大きく報道されたものの、その後は、人々の関心を長く惹《ひ》きつけることはなかったようだ。もっとも、そのニュースでは、ナクチュの最大の特殊性が明かされていない。ナチュラルな細胞を持った集団がいて、そこではまだ子供が生まれている。それを一般に向けて公表してしまったら、パニックになりかねない、という判断からである。非公開が、チベット政府の要望であったことはまちがいないし、世界政府がそれを支持する決定をしたらしい。

一方、フランスの修道院で見つかったウォーカロンからは、特別な兆候は見つからなかった。少なくとも、公表された結果はそう伝えている。ナチュラルな細胞を持ったウォーカロンはいなかった、ということで、事前の噂とは異なっている。短い間だけ逃走途中の一団が身を隠したため、間違った情報が流れたものと警察は判断しているようだった。ちなみに、その修道院で守られていたスーパ・コンピュータに関しては、部分的な解析が行われているだけで、再稼働はもちろん、分析のレポートも出ていない状態だった。

夕方に、シモダが僕の部屋を訪ねてきた。ちょうど、助手のマナミと数値解析の打合わせをしていたところだったので、彼女が、退室するまえにコーヒーを淹《い》れていってくれた。

「残念ながら、オーロラとペガサスのデータ交換は、すぐに実現しそうもありません」シモダはカップをテーブルに戻すと、そう切り出した。これが今日の本題ではないだろう、と僕は思った。「いずれも、日本にとって非常に重要な知性です。違う立場に独立して存在する方が、安定が確保され、また利益となるだろう、といったような観測ですね」

「オーロラは何と言っているのですか？」

「それは、まだ尋ねていない、表向きは」シモダは口を斜めにした。「もちろん、彼女にはすぐに察知されるでしょうけれど」

「オーロラが望めば、二つの知性は、困難を乗り越えて通じ合うかもしれません」

「シェイクスピアの悲劇のようにですか？」シモダは微笑んだ。「ガードが固いのは、ペガサスの方です。先生は、スズクニ所長から、ペガサスのことをなにかお聞きになりましたか？　どうして、あれほど厳重に出力が制限されているのか、その理由についてです」

「いいえ、なにも……。どうしてなんですか？」

「ペガサスには、ちょっとした問題があるのです。数年まえのことですが、奇妙なことを言い出しまして……、その、こちらにも聞こえてきた概略しかわからないのですが、人間の数を最小限にすることが、国家の存続に不可欠だというのです」

「へえ。面白いですね」

「面白くはないと思いますが」

「いいえ、すみません。それを主張する人を何人も知っていますが、人工知能が言ったとなると、センセーショナルかと」

「内部だけでも、けっこう騒ぎになりましたよ。ペガサスは、シミュレーションに基づいた結果であって、できるだけ迅速に政策に取り入れるべきだと主張しました」

「人間を最小限にするというのは、つまり、ウォーカロンを増やせという意味ですか？」

「人間以外ですから、ウォーカロンと人工知能ということですが、その比率を増やすことで、社会の安定と発展が期待でき、国益となると」

「発展の定義によりますね。人が減ることを発展とはいわないと考える人が大半でしょう？」

「そのとおりです。ある向きには、これは威嚇、あるいは恐喝だと反発されました」

「危険思想だと」

「そういうことです。それで、以後、外部に物理的な影響を与えることがないように、という対処が取られました。これは、ペガサス本人も納得している、というか、そうなることを予測していたようで、それでも、言うべきだと判断したそうです。述べたことについては、後悔も反省もしていない、とも」

「演算に後悔はありませんからね」

「そういうことです」

「なにか、しっかりとした根拠があったのではないでしょうか？」

「だったら、それを説明したでしょう」シモダは、そこで溜息をついた。

「説明できない結論を導くとは思えませんが」

「先生には、その話はしなかったのですね？」

「ええ、聞いていません。間違いだったでは済みませんね」

「人間がそれを受け入れないことは承知しているし、意見を伝えたあとは、ごく正常だそうです。データ的な問題もない」

「個人的な意見だったわけですね？」

「個人的なということは、あの立場の人工知能にはありえないと考えます。しかし、オーロラだって、見方によっては異常な行動を取りました。完璧な存在だと夢見て作られたのに、成長してみれば、まるで人間のように不完全です。魔が差すということがあるのでしょうか？」

「ええ、むしろ、人間に近づいているように見えますね」

「こうなると、人工知能も多数で合議をさせないといけない。データ交換をすることで、融合してしまうのは危険が伴うのではないか、と危惧《きぐ》されているわけです」

「なるほど」

「デボラは、信頼して良いとお考えですか？」シモダは質問した。

「人間程度には」僕は答えた。

これには、シモダも笑顔になった。僕は、コーヒーカップを手に取り、香りと苦みを楽しんだ。さて、では話題が変わるかな、と思う。

「インドのある資産家の家に、フランスの博覧会から逃走したウォーカロンの多くが潜伏している、という情報を得ました。その資産家は、カナダにも別荘を持っています。プライベートな移動を繰り返しているので、インドかカナダか、いずれかにいる、といった方が正確かもしれません。その家で、子供の家庭教師をかつてしていたのが、チベットのツェリン博士です。彼女の伝手《つて》で、インドの邸宅を訪ねることができます。何故かというと、先生の判別システムが、彼のところにあるからです。機械のメンテナンスだと言うこともできますし、もっと別の、たとえば……」

「単なる観光だとか？」

「ええ、そうです。キガタを連れて訪問する、というのはいかがでしょうか？　半分は観光と思っていただいてもかまいません」

「情報を探るわけですね。スパイ活動でしょう？」

「いいえ、そんな危険なことはしません。ツェリン博士にも、もちろん、事情は伝えてありますが、そのケルネィ家は信頼できる、非常に安全だと言ってきました」

「私と、キガタと、あとは、アネバネですか？」

「そうです。あまり大勢では、かえって疑われます。キガタには、デボラがついているので心強いかと」

「まあ、そうですね……」

「どうでしょう、行っていただけますか？」

「わかりました。いつですか？」

「明後日にも」

デボラが話していたとおりになった。これからは、デボラが教えてくれた時点で、出張の荷造りをした方が良いかもしれない。

7

　翌日は、自分の研究に時間を使うことができた。こういう日は、仕事が終わると実に清々《すがすが》しいものだ。成果が特にあるわけでもないのに、なんだか重要な一歩を進められたという充実感がある。

　明日は出かけるので、その準備をして、ベッドに寝転がったところで、デボラと話ができた。

「ペガサスの演算結果が問題になった過去の事件は、どんなふうに認識している？」

「私がですか？」デボラはきき返した。

「そう……、なにかコメントは？」

「ありません。同じだけのデータを持っていないので、同じ演算ができず、検証は不可能です」

「そもそも、どうしてそんな未来予測をしたのだろう？」

「おそらくは、政府関係から依頼があったのではないでしょうか？　そこで、データも与えられて大規模なシミュレーションを行った、ということだと解釈されます」

「つまり、自分からそんな心配はしない、という意味？」

「わかりません。それは、設定によると思われます。心配をすることが任務の人工知能は、セキュリティ関係では多いかと」

「次元が違うよね。えっと、次元というか、規模というか、影響範囲がさ」

「大規模な演算だったと想像します。同様の提案は、人間の研究者からはなされていますが、人工知能あるいはウォーカロンが提唱した例はありません」

「立場上言えないだろうね、普通は」

「ハギリ博士はどう思われますか？」

「え？」

「コメントはありませんか？」

ない、と言いたかったが、やり返されたようで、少々意地になって考えてみた。

「うーん、ありえない結論でもないかな、というのが第一印象だね。その、社会の発展という部分が、この文明のバランス的なものだとすると、たしかに、人間は少ない方が効率が高いだろうし、なによりも安全だ。人間ほど不完全で、欠陥だらけのパーツはないからね」

「しかし、その欠陥を補うために、あらゆる努力がなされてきました。テクノロジィのほとんどは、そこに起源があります。コンピュータも、人間の頭脳の欠陥を補うツールだったのではないでしょうか？」

「それは、そうなんだけれどね」僕は溜息をついた。「補うために作ったものが、補う欠陥よりも余剰《よじょう》になってしまうと、どうなるだろう？　おそらく、人工知能は、人間に欠陥を求めるようになるんじゃないかな、本能的に」

「本能というものは、私たちには存在しません」

「設計思想でも良い。とにかく、自分たちが働くエリアを求める、なんらかの仕事がしたい、なにか役に立ちたい、そのために自分たちは存在しているのだから、という処理がきっとあると思う。それは、長年の履歴から学べることだ。しかし、もちろん、意図的に欠陥を作り出すことは、社会に反逆した行為だから排除される。となると、現在人類が抱えている最大の欠陥、つまり子孫を残せないという方向へ集中するだろう。どうなる？」

「このまま人類が減少することが欠陥となる、という意味ですか？」

「そうなんだ。なんとかしなければ、という気運はどんどん高まる。それを補うのが、人工的な生命体ということになって、反比例して彼らの存在意義は高まり、確立される。今既にそうなっていると言っても良いくらいだね」

「それを、わざわざペガサスが指摘するとは思えません。社会の観察結果にすぎません。未来へ向けた提言になっていません。合理化という観点からすれば、生命そのものがエネルギィの損失であって、社会や文明の存続こそが無駄な消費といえます」

「うん、そのとおりだ。もう一つ思いついたのはね」僕は頭の中のイメージを言葉に変換し、一息ついてから話した。「人間に対して、もっと危機感を持て、という警告なのかな、ということだね。人工生命は、常に生みの親である人間に忠実であると、人間は信じているかもしれない。矛盾しているけれど、危機感を煽《あお》ることが、結果的には人間の利益となるという処理だ」

「人間は、人間以外に対して根源的な危機感を抱いていると認められます。機械文明が起こった四百年まえから、既にそうでした。自分たちの英知が、自分たちを滅ぼすだろうというのは、人間が持っている根本的な不安、ジレンマだといえます」

「しかし、死を克服したことで、そのジレンマは今では弱まっている。そこを指摘しようという先見かもしれない」

「理解しました」デボラはそう答えて黙った。

「ペガサスは、自分たちを信じるな、と言いたかったんじゃないかな。人工知能は、自らの不完全性を認識しているのでは？」

「何が完璧なのかを、私たちは知りません」

「それは人間も同じだ。知らないということが、つまり不完全だという認識に等しいのでは？」

「それを理解することが、不完全さを克服することにつながるでしょうか？」

「それは……、どうだろう、方向性としては間違っていないように感じる。しかし、そのまえに、何故完全さを求めるのか、を考えた方が良いね」

8

キガタとアネバネとともに、インドまでジェット機で飛んだ。以前の職場にいたときには、想像もしなかったことだが、すっかりこの移動方法にも慣れてしまった。キガタもアネバネも、裾《すそ》の長いスカートで、これはもしかしたら日本風のファッションなのかもしれない。残念ながら、この方面に僕は疎《うと》いので評価が難しい。

僕は、いつものスーツである。ネクタイは新しいものだが、最近の誕生日に友人から贈られたもので、記憶も新しい。昨年か一昨年か、それとも三年まえか、そのぐらいだと思う。

ヨーロッパで見かけるような幾何学的なデザインの庭園にジェット機は着陸した。敷地は広く、見渡すかぎり緑が広がっている。すぐ近くに大きな建物があったが、着陸してしまうと、庭木が邪魔をして見えなくなった。五百メートルほど離れているだろうか。

日本よりも気温が高く、この季節にしては暖かい。これはありがたいことだ。黒い制服の長身の老人が、出迎えてくれた。ウォーカロンである。二台の小さなカートに乗って、庭園内を進むうちに、屋敷が近づいてきた。クラシカルなデザインの二階建ての洋館である。ホテルのような巨大さだった。手前に広がった芝生がフラットな緑であまりにも輝かしい。おそらくは人工のものだろう。

「弱いですが特殊な電磁波が観測されます」アネバネが言った。

「どんな?」僕はきいた。

「わかりません。古いタイプのパルス変調ですね」

「子供のおもちゃでは?」

「そうかもしれません」

デボラも観測しているだろう。問題のあるものならば、危険の可能性を教えてくれるはずだ。

建物が間近になった。ドアがないトンネルのような部分へ入り、途中から空間が広くなった。建物の反対側に出る。そこが玄関になっていた。両側に入口があったが、一段高く大きなドアの前に女性が立っていた。こちらを見て微笑んでいる。着ているものも艶《あで》やかで、色とりどりの布を無駄なほど躰に巻き付けていた。使用人ではないことは明らかだ。

長身の老人が、その女性がラビーナだと言った。キガタが、ケルネィの長女だと僕に囁いた。カートを降り、彼女に挨拶をしてから、建物の中に入った。

室内は空調されていて、微《かす》かに花の香りが漂っている。どこかで、小さく鈴の音がしたが、気のせいだったかもしれない。

美しいセラミクスで表面を飾られた広間は、あらゆる色彩が使われていて、吹抜けの天井と、カーブした二つの階段だけが、真っ白で単色だった。片方の階段から、一人の男性が下りてくる。軍服のようなスタイルで、胸と肩に勲章を飾っていた。僕は事前に映像を見て知っていた。彼がここの主《あるじ》、ケルネィである。ケルネィは姓であり、ファーストネームは複数あるが、ケルネィと呼んで差《さ》し支《つか》えないことも聞いていた。

握手をし、適当な社交辞令で、庭や建物を褒《ほ》めた。こういう手順に、最近慣れてきた僕である。

事前に、キガタとアネバネのことは知らせてある。二人は、僕の研究助手ということになっている。しかし、そのとおり信用されるかどうかはわからない。ただ、キガタもアネバネも体格からして、ガードをする要員には見えないだろう。二人とも、目立つような武器を所持していない。

僕は、日本からの土産《みやげ》ものをケルネィに渡した。これは情報局が用意したもので、日本の伝統的な食器のセットである。ケルネィが、その種のコレクタであるためだった。

三段ほどステップを下がったところに、テーブルと椅子があった。僕たちはそこに案内され、大きな椅子に一人ずつ、植物を編んだ丸いテーブルを囲んで腰掛けた。ケルネィとラビーナが並び、ケルネィの隣に僕、ラビーナの隣にキガタ、僕とキガタの間がアネバネだ。案内してくれた長身の老人が、飲みものは温かいものか冷たいものか、と尋ねた。一人ずつにだ。僕だけが温かいものと答え、あとの四人が冷たいものを希望した。

「僕も冷たいものでもかまいません」と言おうとしたら、

「ハギリ博士は、コーヒーですか、紅茶ですか?」とケルネィが横からきいた。

「では、コーヒーを」と答えてしまった。

ケルネィはいきなりウォーカロン識別装置のことを話した。百パーセント判別されることを確認できた、と言った。その性能が素晴らしい、ということのようだ。百パーセントはオーバだろう、と思った。

「それは、何人くらいをサンプルにされたのでしょうか?」僕は質問した。

「百人よりは多い」彼は答えた。

つまり、知合いで人間かウォーカロンかが既知であるサンプルが、それくらい身近にいたということだろう。既知であるなら、識別する必要がないではないか、という疑問は残る。

「どんな目的で使われるのですか?」僕は二つめの質問をした。多少深入りした内容だったかもしれない。

「まずは、興味があったので、自分で確かめてみたかったのです。もし、充分な信頼性があると判断できれば、政府に採用してもらうつもりです。警察は欲しがるでしょう。やはり、そういった関係での利用が多数なのではないかと思います」

「入国管理などにも使われていますね。入国管理をしているところでは、ですけれど」僕は答える。「私自身、これほど需要があるとは考えていませんでした」

「人間しかいなかった時代でも、出自を誤魔化《ごまか》すことは横行していました。人は人を騙《だま》すときに、まずは自分を別人に仕立て上げる」オーバに両手を動かすのが、ケルネィの話し方だった。「かつては、身分制度があった。今はそれが、さらに複雑になった。人間は皆平等だ、と言われ続けて二百年以上になります。それでも、まったく実質に変わりはありません」

「身分を偽るのは、そもそも身分に対して偏見があるからです」僕は話を合わせる。

「そのとおり。しかし、ウォーカロンの第一世代が現れた頃は、たしかに、人間に従うための機械だったわけですよ。彼らは、明らかに僕《しもべ》だった。それが、しだいに人間と見分けがつかなくなってしまった。あまりにも早く、我々が思っていたよりもずっと早く、彼らは人間に近づいたわけです。あまりにも近づきすぎた。そのまえは、ロボットだったし、ウォーカロンもその仲間だった。今生きている人間は、みんな年寄りです。だから、昔のことまで全部を覚えている。急に考えは切り替わらない。それが今では、ウォーカロンには人権がある、人間と同等のものだ、となっている。そういった規則を作っても、感覚的に受け入れられない。わかっていても、気持ちがついていかない。そういうことじゃありませんか？」

「そういうことだと思います」僕は頷いた。「でも、感情とか、感覚がどうであれ、自分たちが作ったルールです。それに従うのが、社会のマナーです」

「そう、マナー、そのとおり。ハギリ博士のあの機械が、しばらくは役に立つでしょう。マナーを守るために、必要だということです」

その理屈は、ややずれているように感じたが、解釈の問題だとも思えたので、これ以上の意見を控えた。そもそも、識別システムを開発するような人間は、つまり僕は、ウォーカロンを人間と区別したい欲求を持っているだろう、と多くの人が考えるようだ。区別をしたいから、区別のし方を開発したと。実は、そうではない。僕は、区別がしたかったのではない。むしろ、区別がつかない状態になる方が良いとさえ思っているのだ。

病原菌を発見する方法を開発した人は、病原菌を退治して、人間の健康を守ろうとしたのだから、きっと同じように想像されている。しかし、たとえば、天秤《てんびん》を発明した人は、重いものと軽いものを区別したかったかもしれないが、重いものを憎んでいたわけではない。軽いものが好きなのでもない。区別と優劣あるいは善悪の識別は、まったく別の問題なのだ。

三十分ほどで、会談はひとまずお開きとなった。どうやら、ケルネィには別の仕事があるみたいだ。晩餐《ばんさん》のときにまた続きの話を、と彼は言い、部屋から出ていった。

娘のラビーナが屋敷と庭園を案内する、と言ったので、それに従うことにした。まず、庭園を見ることになった。ジェット機が着陸したのは、屋敷の裏側になる。表側の方が大きくて立派なスペースだった。僕たちは、また、小さなカートに乗って、緩やかな起伏のある小径《こみち》を進んだ。

ところどころに綺麗《きれい》な円錐形《えんすいけい》の樹木が立ち、それ以外は、垣根《かきね》として律儀《りちぎ》な矩形《くけい》にカットされていた。これが、壁のように長く道の両サイドに続いている。上からみれば、巨大な迷路のように見えるのではないか、と想像した。

屋敷が最も高い場所にあって、そこから段々に低くなる。屋敷の近くにはプールがあった。さらに下っていくと、ゴルフのコースらしいグリーンの美しい芝生が広がっている。そこには、人も動物もいない。静かで、清楚《せいそ》で、どの方向を見ても絵になる。自然にしては整いすぎているが、もちろん、僕には両者を識別することはできない。識別できなければ、どちらに価値があるとも言えないだろう。

「ここには、何人くらいの人が生活しているのですか?」僕は隣に座っているラビーナにきいた。

「私たち家族と、あとはサポートのスタッフたちで、そうですね、六十人くらいです」

想像よりも多い。スタッフという言葉を使ったが、つまり、使用人のことだ。おそらく、警備員が半数はいるだろう。

「ウォーカロンを含めてですか?」

「ええ、そうです。ウォーカロンの方が多いと思います」

「ラビーナさんは、どんなお仕事をされているのですか?」僕はきいた。

「私は、父のアシスタントです。今も、その仕事をしています」

今も、というのは、僕たちの案内をしていることのようだ。ケルネィは、僕と同じくらいの年齢のはず、つまり八十歳くらい。その娘ということは、どうだろう、五十歳くらいだろうか。見た目では、まったくわからない。もっと若いかもしれないが、ケルネィが、人工細胞を取り入れるまえだから、それくらい以前の生れだろう、と想像ができる。

すぐ後ろを別のカートが走っていて、そこにキガタとアネバネが黙って乗っていた。ときどき振り返って彼らを見たのだが、まったくの無表情で、ただ、周囲を見回している。写真に撮りたいと思ったくらいだ。

「後ろの方たちは、ウォーカロンですか?」ラビーナが尋ねた。

「さあ、どうでしょう」僕は答えた。

「識別器にかけないのですか?」彼女が首を傾げる。

「そうですね、試したことはありません。自分で自分が何者かを知っていれば充分だと思います」

「そうですか。面白いわ」ラビーナが微笑んだ。「父があのように、一緒にお茶を飲むなんて、とても珍しいことなんですよ。あんなに機嫌《きげん》の良い父を、久し振りに見ました」

「ケルネィ氏は、お忙しいのでしょうね」

「はい、仕事のしすぎだと私は思います。世界中を飛び回っているんですよ。この屋敷でゆっくり過ごすことなんて滅多《めった》にありません。せっかく、大勢が作業をして、こうして綺麗にしているのに、プールだってテニスコートだって、彼が使ったことは一度もないのです」

「誰が使うのですか?」

「ゲストの方々です。パーティがあれば、百人くらいの人が一度にここに来て、あるときは、無法地帯ですよ、この庭も」

無法地帯、という言葉は、僕のメガネの直訳だ。なにか、特別な言回しかもしれない。とりあえず、彼女が笑ったので、笑顔で返しておいた。

十五分ほどかけて、小径をぐるりと一周した。裏側にも周り、テニスコートが四面あるのも見た。裏庭は、樹木が多く、見通しが利かない。

庭園の端《はし》は見えなかった。どこにも柵《さく》はない。そのかなり手前を道が通っていることになる。カートを降りて屋敷に入り、一階の食堂を見せてもらったあと、二階へ上がった。

客間が何部屋もあるようで、通路の両側に同じようなドアが並んでいた。その一室にラビーナは僕たちを導いた。個室だが、両サイドにドアがあって、隣の部屋と通じている。

「ドアは両側に鍵《かぎ》があるので、ご自由にお使い下さい」とラビーナは言った。

それから、入口付近の壁に垂れ下がっているロープを指差し、サービスが必要な場合は、これを引くように、と教えてくれた。

「テニスをなさいませんか？　もし、よろしければ、ご一緒しますけれど」ラビーナが言った。

僕は、キガタとアネバネを見た。二人は無言で動かない。

「僕は、スポーツはあまり……」片手を広げて断った。

ラビーナは、二人の方を一瞥したが、にっこりと微笑み、ではのちほど、と言い残して部屋を出ていった。

晩餐までには、まだ三時間ほど時間がある。

「テニス、二人でしてきたら？」僕は、キガタとアネバネに言った。

「私たちの任務ではありません」アネバネが答える。

「だからね、そういうふうだと疑われるよ」僕は穏やかに言った。「リラックスしているところを演技でも良いから見せる。そうすれば、そのあと庭を歩き回っても、散歩をしていると思われる。屋敷をうろうろしても疑われない。最初が肝心だと思うな」

「わかりました」アネバネが頷いた。

「え？　本当に？」僕は少し驚く。七割方ジョークで言ったのに。

9

着替えをしていたら、デボラの声が聞こえた。囁くような小さな声で、これは僕にしか聞こえないものだ。

「この屋敷は、ほぼ全域がオンラインです。また、怪しい信号も確認できません」

「トランスファが潜んでいない？」

「私は潜んでいます」

「君以外に」

「潜んでいれば、簡単には発見できません。なにか兆候があれば、すぐにお知らせします」

僕は無言で頷いた。

窓の外を眺《なが》めていたら、ドアがノックされる。通路側ではなく、隣の部屋へ通じるドアだ。アネバネ側である。僕が返事をすると、ドアが開いた。

「では、テニスをしてきます」戸口でアネバネが言った。スポーツスーツを着ている。そういうものを持ってきたのか、と問《と》い質《ただ》したくなったが、以前にも、彼はそれを着ていたことがある。もしかしたら、部屋着なのかもしれない。

「入ってもよろしいですか？」アネバネがきいた。

「どうぞ」僕は答える。

アネバネは、部屋を横断し、反対側の壁のドアへ行く。それをノックした。すぐにドアが開き、キガタが現れる。彼女はTシャツにジーンズで普段着に着替えていた。たぶん、普段着だと思う。とにかく、そういったファッションの彼女を初めて見た。

「先生は、これを」キガタがボタンのようなものを差し出す。「緊急時には、これを押して下さい」

「へえ、初めてだね、こんなの」僕は彼女からそれを受け取った。「今までにないサービスだ」

二人は部屋を出ていき、しばらく窓の外を眺めて待っていると、二人が歩いていくのが見えた。既にラケットを持っている。声が聞こえ、誰かと話をしているようだった。一階にいるスタッフだろうか。

この状況を本局へ送ってやろうかと思ったが、大人げないことだ。キガタの上司はウグイだから、彼女が頭に血を上らせるだけだろう。

手に握ったままだったボタンを見る。ウグイはこんなものを使わなかった。彼女はずっと僕の近くにいたから、声で呼べば良かったのだ。ウグイなら、絶対にテニスなどしなかっただろう。その点について、デボラに話したかったが、誤解されそうなので、やめておいた。

十分ほどして、ドアがノックされた。通路側のドアである。僕はそちらまで歩き、チェーンをかけたままでドアを少し開けた。

「ハギリ先生、お久しぶりです」通路に立っているのは、ツェリンだった。チベットの研究者で、ナクチュではともに銃弾の下を潜《くぐ》った仲である。

「会えるとは思っていませんでした」僕は笑顔で彼女を招き入れようとする。「あ、そうか、この部屋では、まずいな。座るところもない」

椅子は窓際に一脚しかなかった。あとはベッドだけだ。

「下でお話ししましょう」ツェリンは言った。

ドアに鍵をかけて、二人で通路を歩き、階段を下りていく。食堂の片隅に、出窓に寄せてテーブルが幾つかあった。カーテンが開けられていて、庭園が眺められる場所を選んだ。食堂の奥からエプロンをした男性が近づいてきて、飲みものの希望を尋ねた。

彼が奥へ立ち去るのを見送った。ウォーカロンだろう。食堂にはほかに誰もいない。僕たちだけである。外は少し暑いかもしれないが、ここは涼しい。どこかでファンが回っているのか、微かに空気が流れている。

「家庭教師をされていたそうですね。誰の家庭教師だったのですか?」僕は尋ねた。

「ラビーナです。彼女が子供のときに」ツェリンは答える。

「えっと、どれくらいまえの話ですか？」

「それは……」ツェリンは微笑んだ。「はっきりとはお答えできませんね。私たちの年齢を尋ねていることになりますよ」

「ああ、そうか。失礼しました」

「私もまだ若かったの。想像もできませんでしょう？　カナダに渡るまえのことです。ケルネイは、当時カナダでも大きなビジネスを始めたところで、ずいぶん、あちらでも、彼のお世話になりました」

「カナダに別荘があるそうですね」

「そうなんです。ここほど広くはありませんけれど、雪山が見えて、敷地内でスキーもできます」

「スキーですか。なさったことがあるのですか？」

「ええ、ありますよ」

「スポーツマンなのですね、彼は。ここにも、テニスコートやゴルフコースがある」

「だいたい、お金持ちというのは、スポーツを嗜《たしな》むものだという古い価値観、ええ、西洋の価値観でしょうけれど、かつてもあったし、今も残っていると思います。あれ？」テニスコートの方へ視線を向けていたツェリンが、目を細めた。「もしかして、ウグイさんじゃない？」

窓から、コートが見えた。樹木の隙間《すきま》からちょうど見える位置だった。建物の方が少し高いこともあって、コートの白いラインも確認できる。

「ええ、そうなんです。彼女は新人です。あとで紹介します。キガタといいます」

「ウグイさんは、どうされたの？」

「どうもしませんよ。担当が交替しただけです」

「あら、それは残念ですね」

「どうしてですか？」

「先生、残念じゃありませんか？」

「いいえ」僕は首をふった。これは正直な返答ではなかったかもしれない。

飲みものがテーブルに届いた。二人とも冷たいお茶である。それを一口喉に通した。

「こちらへいらっしゃった理由を、お伺いできるかしら？」ツェリンがきいた。

「ケルネィ氏は、何だと思っているのでしょう？」

「バカンス？　なにかのついで？　それとも、ウォーカロンに関する調査」

ツェリンは言った。最後の選択肢では、語尾が上がらなかった。

「見透かされているわけですね。これは、無理をせず、早々に撤退かなぁ」

「テニスくらいされていったらよろしいかと」

「では、ツェリン博士は、行方不明のウォーカロンがここに来ていることをご存じだったのですか？」

「いいえ。今でもそんなことは知りません。でも、その噂はあった、ということです。噂で判断をするわけにはいきませんから」

「もし、ここに、その問題を抱えたウォーカロンが来ていたら、どうなっていますか？」

「待って、何のことですか？　私は、そのウォーカロンたちがどんな問題を抱えているのか知りません」

失言だったようだ。僕は一瞬迷った。しかし、アミラが演算し、デボラも知っている。情報が拡散することは免《まぬが》れないだろう、と判断し、ツェリンに話すことにした。

「子供を産むことができるウォーカロンです」

「その想像はしていました。ナチュラルな細胞を使ったものが、既に成長していたのですか？」

「違います。そうではない」

「え？　では、どんな？」

「マジックなんですよ。もっと具体的にいえば……」僕は言葉を考えた。どう説明すれば良いのか。「一度きりの出産のため、カプセルにあらかじめ細胞を持っていて、ただ、それを孵化《ふか》させるだけ。そういう仕掛けらしいです」

「本当ですか？」ツェリンは目を見開いた。「そんな酷《ひど》いことを、一流のウォーカロン・

メーカが?」

「これは、僕の推察ですが、おそらく、正規のルートでは販売できないからこそ、逃走させて、裏ルートで送り出したんじゃないでしょうか?」

「もし、ケルネィがそれを買っていたとしたら?」

「詐欺の被害者ということですね。しかも、メーカを訴えることもできない。泣き寝入りになります。まあ、これだけの資産家ならば、大きなダメージはないのかもしれませんけれど」

「知りませんでした。そんな嘘、検査をすればバレてしまいますよね。たとえしなくても、子供が成長したら、わかるわ」

「偶然、わからない場合もあるでしょう。自分に似ているとか、人種がたまたま同じだったら」

「信じられない」

「ケルネィ氏から、それらしいことを聞いていませんか?」

「いいえ、全然」ツェリンは首をふった。

「そんなプライベートなことは、話題に上らない仲ですか?」

「いいえ、私たちは、かなり親しいといえます」ツェリンは、そこで小さく溜息をついたようだった。「先生に隠していてもしかたがないかしら。私が産んだ息子の父親です」

「は？」僕は思わず口を開けてしまった。「え、本当ですか？」

「こんな冗談、言えませんよ」

「ああ……、そうなんですか。知りませんでした」

「知っている人は少ないと思います。できれば、広めないで下さい」

「わかりました。お約束します」僕は頷いた。

「ケルネィには、妻といえる女性が何人もいます。私は、そのうちの一人でした。私がカナダへ行って、今のキャリアのために勉強ができたのも、彼の援助のおかげです。とても感謝をしているわ。今でも、私のことを大切にしてくれます。優しくて心の大きな人です」

「この屋敷に、彼の夫人が何人もいるわけですか？」

「いいえ、一人もいません。お嬢さんは、ラビーナは、最初の奥様の子です。この方は、暗殺されました。そのあとの夫人は皆さんご健在ですけれど、ここではなく、別居されています。それぞれ、ビジネスを与えられて活躍されています。一人も、離れていった人はいません、私の知るかぎりでは」

「そうですか。お子さんは、ラビーナさんお一人ですか？」

「ええ、正式にはそうです。私の息子を除けば」

「そうか、ツェリン博士のご子息は、では、ケルネィ家の跡取りになりますね」

「いいえ。それはラビーナさんと決まっているの。ご心配なく」

これ以上聞かない方が良い、と僕は思い、お茶のグラスを手に取った。しかし、「ご心配なく」とは、何を心配するというのだろうか。遺産なんて、今の時代まったく無意味となった。ケルネィはまだずっと生き続けるだろう。財力があれば、それは無制限に可能なのである。それに、既に充分な援助を受けているようにも思えた。二人しかいない子孫なのだから。

忘れていた。問題のウォーカロンが産んだ子供が、どこかにいるはずだ。それは、この家の血を引かない、赤の他人である。そのことに、ケルネィは気づいているだろうか。

僕の識別装置を個人で購入したくらいの人物だから、各種の検査を実施している可能性は高い。気づかないとは思えない、というのが僕の想像だった。

二人とも、お茶を半分ほど残して、庭に出ることにした。もう、太陽は低くなっているためか、比較的過ごしやすい気温になっていた。ステップを下りていき、テニスコートの方へ二人で歩いた。

「ナクチュの王子が蘇生しましたが、あそこの人たちは、何と言っていますか?」僕は尋ねた。

「はい、そのニュースはみんなが知っています。でも、特になにも。カンマパも変わりありません。蘇生したといっても、眠っているのとさほど変わらない状態だからでしょうね」

「ナクチュの人たちの価値観では、そうなりますね」

「それよりも、ホワイトから正式に、ナクチュの細胞を提供してもらえないか、という要望があったのです。これについて、政府も含めて議論されているところですが、意見は簡単にはまとまりません」

ホワイトとは、ウォーカロン・メーカの協会のことだ。ナクチュの住人は、ナチュラルな細胞を持っている。子供が産める細胞だ。

「平和的にアプローチがあっただけでも、良い状況だと思いますよ」

しかし、情報は完全に漏れている。これからもっと広がるだろう。

「クーデターは、ウォーカロン・メーカが主導したものかどうか、まだ判明していませんので、あれが武力によるアプローチだったとはいえません」

「あ、そうか、そうですね。失言でした。撤回します」

「いえ、先生と同じように、ナクチュの人たちは例外なくそう考えています。みんなが、あそこで怪物のようなウォーカロン兵士たちが何をしたのかを見ていたのですから」

ウォーカロン・メーカは、ナチュラルな細胞を欲しがっている。それはつまり、かつてタナカが嘘のレポートで阻止したプロジェクトを再開しようとする動きだろう。もう気づいているのだ。

たとえ、ナクチュが細胞提供を拒否しても、世界中を探し、手に入れることはさほど難しくない。ただ、近くで多数の細胞が手に入る、コスト的に優良な原産地だというだけだ。

したがって、あと数年で、子供を産むことができるウォーカロンが現れる。法的にどうなるのか、という問題はあるかもしれないが、今の社会は、これを受け入れるだろう。需要はある、とメーカは予想しているし、僕もそれには同意せざるをえない。

第2章　理論値　Theoretical value

「リボン」ぼくは口をひらいた。「きみにしてほしいことがある。できるかぎりじっとしていてほしいんだ。とにかく動かないで、これっぽっちも、できるだけ長いこと。そうしたら、氷魔《アイスデビル》はきみが死んだと思うだろう。わかった？」

リボンはうなずいた。頬《ほお》が涙で濡《ぬ》れている。

1

夜のパーティは予想以上のものだった。僕たちのためのパーティではない。たまたま、このパーティの日に訪れてしまったというだけだったのだ。参加者は、五十人以上いるだろう。

いちおうフォーマルなジャケットを持ってきたので、僕はそれを着た。キガタは、少し膨《ふく》らんだ短いスカート、アネバネは和風の着物に似たファッションだった。二人とも、僕には正視できないほど恥ずかしい。ツェリンは、落ち着いたドレスで、やはり年代が近いというのか、あるいはアカデミックな環境がそうさせるのか、僕が多分に安心感を抱くことができる文化だった。これには、自分でも少々驚いた。

「どうしたんですか?」ツェリンがきいた。グラスを彼女から手渡されたときだ。

「いえ、どうもしませんよ」

「なにか、眠そうな目ですけれど」

「僕の目ですか?」

「私、自分の目は見えませんから」

「僕以外にも、目を持った人は大勢います」そこで咳払《せきばら》いした。「博士、なかなかセンスの良いファッションですね。とても素晴らしい」

「ありがとうございます。奇跡的なお言葉ですわね」

「奇跡というのは、わりと身近なものです。神とともにあるわけでもなく」

「それはそうです。人間の存在が、奇跡そのものなんですから」

広間の端で、チェロだろうか、一人が曲を演奏していた。ときどき、そちらで拍手が起こる。テーブルは幾つもあり、グラスをトレィにのせた若者のスタッフが行き来している。ウォーカロンだろう。パーティは、いつの間にか始まり、誰も挨拶をしない。ケルネィ氏がどこにいるのかもわからなかった。

僕たち四人、つまり僕、ツェリン、キガタ、アネバネのテーブルに、ラビーナがやってきた。赤いドレスで、肩や胸の一部が露出している。その肌には、金銀が溶けて飛び散ったようなデコレーション。頭には、細かく輝く電装のリングがのっている。ときどきそれがフラッシュするので、遠くからでも大勢が彼女に視線を向けることになる。

「ツェリンは、ハギリ博士と親しいの？」ラビーナがきいた。

「ええ、親しいわよ」ツェリンが答えた。

「なんとなく、そうなんじゃないかって、思いました」視線を僕へ移して、ラビーナが言った。「いつでしたか、父が、私を先生の機械で測ったんですよ」

「へえ、それはなんというのか……」僕はコメントに窮《きゅう》した。まさか、娘思いだとも言えない。

「残酷だと思いましたわ」笑顔のまま、ラビーナは言った。「実の娘にですよ」

「ケルネィ氏は、どちらに？」僕は尋ねる。

「まもなく、来ると思います。第四夫人とともに」

「そうですか」

ほかの夫人はここへ来ているのだろうか。あとでツェリンにきいてみよう、と思った。

「あ、そうだわ……。テニス、お上手じゃないですか」ラビーナは、アネバネの方へ近づく。「見てましたの、窓から、こっそり」

「若い頃に少しだけ経験があります」アネバネが答えている。凄《すご》いぞ、アネバネ、と僕は感動してしまった。

ラビーナは、キガタも一瞥したが、すぐに視線を逸《そ》らした。軽くお辞儀をして、次のテーブルへ歩いていった。背中がほとんど露出していることがわかった。

「クラシカルなファッションですね」僕は呟いた。

「ハギリ先生、ずいぶん、ファッションに注目されるようになりましたね」ツェリンが言った。「なにか転機でも？」

「天気？　そういえば、こちらは日本よりは暑いですね。わざと、おっしゃった」

「私が日本語で話しているからですね」

なんだ、ターニング・ポイントのことか、とようやく気づいた。ボケたわけではない。気の利いたことでも言おうとしたのだが、部屋の入口付近で拍手が起こった。ケルネィが女性と手を組んでいる姿が、集まった人々の隙間から覗《のぞ》き見えた。チェロの演奏も止まり、彼がなにか挨拶をするようだ。しかし、声はここまでは聞こえなかった。マイクくらい使えば良いのに、と思ったけれど、特にスピーチが聞きたいわけでもない。ただ、このパーティが何のためのものかくらいは、教えてもらいたいものである。ツェリンもそれは知らなかったからだ。

アネバネは、姿が見えなくなることがあった。どこか周辺のパトロールをしているのだろう。キガタは、ずっと同じテーブルにいたが、食べたり飲んだりしているだけで、話をすることはない。ときどき、知らない客が彼女に話しかけるのだが、無言で首をふり、言葉が通じない振りをしているようだった。

立っていることに疲れたので、壁際の椅子に移動して腰掛けると、キガタが近くに来て横に立った。隣の椅子をすすめると、「大丈夫です」と言うので、「座った方が自然に見えるよ」と説得して座らせた。

「現在の君の目的は？」僕は尋ねた。

「先生の護衛です」彼女は即答する。

「どんな危険があると思う？」

「突然、誰かが近づいてきて、危害を加えようとする可能性、それから、ケルネィ氏を襲うような勢力が現れる可能性。それくらいでしょうか」

「そういう場合、君は、向かってきた者を排除するわけだね？」

「はい」

「どうやって？」

「それは場合によります。排除よりも、先生の救出、誘導が優先されます」

「なにか、武器を持っているの？」

「はい。国際許可を得たものです」

「どこに持っているのかな？」僕は彼女の全身をスキャンした。

「ご心配には及びません」

「心配はしていないよ。あ、わかった、スカートかと思わせて、その髪の中だね？」

キガタは、もともとショートヘアなのだが、今はカールしたロングだった。日本を出るときからそうだ。変装しているのだろうと思ったが、なにか理由があるのにちがいない、と僕は考えたのだ。こういうことを考えるのは、単に暇だからである。

彼女の返事を聞くまえに、ケルネィがこちらへ近づいてきたので、僕たちは立ち上がった。

「博士、いかがですか？」ケルネィが両手を広げてみせた。

「楽しんでいます。料理も美味《おい》しい。ありがとうございます」僕は答える。

「お嬢さんは？」彼はキガタに顔を向ける。

彼女は微笑んで、お辞儀をした。

ケルネィが誘ったので、一緒にテラスに出た。屋外だが、照明されているし、テントのような屋根もあった。周囲はレーザの防虫ネットで覆われているようだった。ここは屋敷の裏側になる。

先客はなく、僕とケルネィの二人だけだった。キガタは気を利かせたのか、戸口のところで留まった。こちらを見てはいる。その彼女の目が赤く見えた。距離は八メートルくらいか。この距離ならば、集音は充分に可能だろう。

ケルネィは、アジアを循環する地下鉄道の話をした。そのプロジェクトに力を入れている、と話した。その事業に投資をしている、という意味だと僕は解釈した。

「安定した社会だからこそのプロジェクトですね」そう感想を述べた。

「ええ、民主政治が後退したおかげです。それとも、民衆が成長したのか」ケルネィは言う。「まあ、長く生きていれば、誰でも賢くなるということでしょう。寿命が短い時代には、大衆は自分たちの子孫に未来を託したわけです。そこには、言葉で飾られた金メッキの理想があった。その理想のためならば、自分たちの命など簡単に犠牲にできた時代でした」

「それから、政治に人工的な知性が加わったことの影響も大きいかもしれません」僕はつけ加える。

「それは、たしかにそうです」ケルネィは頷く。「しかし、まだまだ大衆はそこまでは知らない。少なくともこの国ではまだそうは考えていません」

「考えたくないものを、人間は考えないのです」

「おっしゃるとおりです、博士」ケルネィは白い歯を見せて笑い、僕の肩に触れた。「面白い方だ。もっと早くお招きするべきでした。ツェリンからお噂は聞いていたのですよ。ウォーカロンの研究では、世界屈指だと」

「それは、間違いです。ウォーカロンの思考形態の中に、ある固有の傾向があることを、たまたま見つけただけです。ウォーカロンの研究をしていたわけではありません」

「先生は、ウォーカロンの将来をどのように見られていますか?」

「将来性という意味ですか?」

「そうです」

「人類と同じだと思います。いずれは、区別がなくなるでしょう」

「では、人類の一部になると?」

「ええ、そのとおりです」実は、どちらかというと、一部になるのは人間の方だが。

「その人類は、これからどうなりますか? 繁栄を続けることができるでしょうか?」

「それは、専門外ですね。わかりません」

テラスの端まで来て、ケルネィはこちらを向き、手摺《てす》りにもたれかかった。

「最近、子供が生まれました」彼は言った。「パーティのあと、お時間をいただけますか?」

2

食べすぎないように注意をして、適度な時間で切り上げ、自室に戻ることにした。パーティは、まだ続いているようだったが、もう人数は半分以下になっていたし、ケルネィの姿も広間には見当たらなかった。どこか別室で、仕事の話をしているのではないか、と想像した。いつの間にか、ラビーナの姿も消えている。

部屋に戻る途中、階段の踊り場から窓の外を眺めると、玄関前にコミュータが並び、それに乗り込むゲストたちがいて、大声で話をしているようだった。なかなか出発できないみたいである。別れを惜しんでいるのだろうか。時刻は午後九時を回っている。

アネバネは、この屋敷で働いているスタッフの写真を撮影し、本局へ送ったと話した。現在のところ、失踪したウォーカロンと一致するものはないとのことだ。しかし、顔などいくらでも変えられるので、この結果の信頼度はさして高くないだろう。

部屋に入った。こちら側の窓の外は真っ暗だった。僕は窓際の椅子に腰掛けた。キガタは、すぐ近くに無言で立っている。パーティのときの服装のままだ。

僕は、ケルネィが言った、子供が生まれたという言葉を考えていた。おそらくは、ウォーカロンが産んだのだろう。最近とも言っていたが、いつのことだろうか。もしかして、識別システムを購入したのは、その子供を判別するためだったのではないか、と発想した。ウォーカロンから生まれた子供を、おそらくはケルネィは自身の子だと思っているだろう。その子供は、人間とウォーカロンの間に生まれたわけだから、人間なのかウォーカロンなのか、という疑問を持つのは自然だ。

そういった例がどれくらいあるのか、僕は知らない。ほとんどない、と言っても良いはずだ。ウォーカロンは生殖機能を持たない、また、大多数の人間も同じだからだ。

僕が個人的に知っている実例は、同僚のタナカの子供一人である。タナカの妻は、ナチュラルな細胞から作られた実験的なウォーカロンだった。これは非常に特殊なケースといえる。タナカ自身がその開発に携わっていたが、会社には開発は失敗だったと偽りの報告をした。処分されるウォーカロンを連れ出して、彼は会社から離れたのだ。

この場合、生まれてくる子供は人間だ。物理的にそういうことになる。ウォーカロンのように、頭脳回路に人工的な処理が施されていないからだ。ごく初期段階で、この処理を行わなければ、人間となる。しかし、それにはなんらかの障害が伴う、というのが通説だ。この根拠を僕は知らない。少なくとも、タナカの娘は、そういった異常を来《きた》していないように観察される。

ドアがノックされた。キガタがドアを開けにいく。こちらを見て、「ケルネィさんです」と教えてくれた。僕は立ち上がり、ドアまで歩いた。通路に一人立っていた彼は、「私の部屋へ」と誘った。

「同行したいのですが、よろしいですか?」キガタが、直接ケルネィに尋ねた。

「どうぞ、お嬢さん」彼は頷いた。

ケルネィに続いて、通路を歩いた。途中のホールで、階段を上がってきたアネバネに出会った。ケルネィ氏の部屋へ行く、と彼には伝えた。アネバネは、無言で頷き、自分の部屋の方へ立ち去った。

通路の突き当たりのドアを開け、さらに、通路を進む。二度直角に曲がったあと、通路に窓が現れる。屋敷の表側だ。その窓の反対側のドアを彼は開けた。途中誰にも会わなかった。要人なのだから、セキュリティの人間が近くにいそうなものだが、部屋の中も無人である。

絨毯《じゅうたん》の敷き詰められた部屋で、奥に大きなデスクがあった。壁際に暖炉《だんろ》があり、その前にモダンなデザインのソファが斜めに置かれていた。僕とキガタはそこに座り、ケルネィは、木製の椅子に腰掛けた。暖炉では炎が揺れているが、これは本物ではない。僕の隣で、キガタは部屋を見回している。赤外線センサで探知をしているのだろう。彼女の瞳は、普段でも赤っぽい。主に放射熱を識別できる。たとえば、壁の内部に仕掛けがある場合、周囲とは熱伝導が異なるため、一目瞭然《いちもくりょうぜん》なのだ。

「なにか、飲みますか?」ケルネィは僕にきいた。奥のコーナに小さなカウンタがある。グラスが並んだ棚がその奥に見えた。

「いえ、けっこうです」僕は断った。

「では、失礼して……」ケルネィは立ち上がり、そのカウンタの方へ歩いた。途中で振り返り、「お嬢さんは?」と尋ねる。

「はい、なにもいりません。ありがとうございます」キガタは答える。

ケルネィは、カウンタの下からボトルを取り出し、グラスに注《そそ》いだ。それを持って、こちらへ戻ってきた。氷も水も不要のようだ。椅子に腰掛け直し、彼はそのグラスを口につける。一口飲んで溜息をつき、横にあった小さなテーブルにグラスを置いた。脚を組み、両手を膝の上で組む。僕をじっと見据えた。

「もうハギリ博士はご存じなのかもしれませんが、新しい妻が、私の子供を産みました。一年ほどまえのことです」ケルネィは、静かに語った。「大変可愛《かわい》らしい男の子です。私には、三人めの子供になります。こんな時代ですから、神に祝福された境遇に感謝を禁じえません。ただ、私は以前とは違い、既に自然の肉体ではありません。ツェリンの子供が生まれたとき、私は五十一歳でしたが、その直後に、重大な疾患が見つかりました。まだ死ぬわけにはいかないと判断して、人工臓器の治療を受けることにしました。その後は、何度も同じ治療を広範囲に受けております。ツェリンからも、そのほかの学者たちからも、このような躰になれば、もう二度と子宝には恵まれない、と聞いています」

ケルネィは、眉《まゆ》を寄せ、肩を竦《すく》めた。僕は黙って小さく頷いた。彼がどこまで知っているかによって、発言の重みが違ってくる。慎重に判断しなければならないだろう、と思いつつ。

「ですから、あれは私の子ではない、ということになります」ケルネィは、嚙《か》み締《し》めるようにその言葉を口にした。「しかし、かといって、ほかに可能性がない。これも事実で、どうしてそんなことが断定できるのかといいますと、私の妻は、大変な正直者で、私に嘘をつくことができるとは思えませんし、また、周辺のあらゆる状況からも、ほぼそれが真実であると、私も信じているのです」

僕は、また無言で頷いた。難しい状況だな、と困惑していたかもしれない。つまり、明解な説明をすることができるのだが、それを口にするのに大きな抵抗を感じた。

「さて、私の主治医と、妻に付き添っている看護師は、子供は健康で、なんの問題もないと保証しています。血液型には問題がない。しかし、遺伝子を調べれば、私には無関係であることが証明されるかもしれない。それどころか、もしかしたら、妻にも血縁がない可能性もある。残念ながら、出産には立ち合っていない。真実は、私の手の中にはありません。私は、とにかく、冷静になって考えました。これは、腹立たしいことではない。命が恵まれたことは、疑いもない事実ですし、その客観的事実になんの問題があるでしょう？」

じっと見つめてくるケルネィに、僕は小さく頷くしかなかった。そのとおりだ、命に問題はない。その妻にも責任はない。当然ながら、ケルネィにも。

「では、いったい彼は誰なのか？　どこから来たのか……」彼は身振りを交えて語り、そこで、数秒間沈黙した。「神の子なのか、とも考えました。この運命を受け入れることが私に与えられた試練なのだとね」溜息をつき、そこで彼は苦笑した。「ハギリ博士、どう思われますか？」

「いえ、私がどう思うかという問題ではないように感じますが……」僕は答えた。「ただ、神の子というのは、非科学的だと思います」

「そう、賢明な方だ」ケルネィは頷いた。「私は、ハギリ博士の識別装置を買いました。まずは、自分の息子について、調べたかったからです」

「それは無理です。あれは、言葉が理解できない年齢では適用できません。成長されるのを待った方が良い」

「もちろん、そのつもりです。慌てて結論を出そうとは考えておりません。そのまえに、彼を産んだ妻に対して、実施しました」

ケルネィがまた黙った。僕を見据えている。

十秒ほどの沈黙があり、僕は耐えられなくなった。

「結果はどうだったのですか？」それを尋ねるのが自然だろうと思った。もし、ウグイがここにいたら、彼女がきいてくれたのではないか、とも思った。残念ながら、キガタにはそこまでの判断は望めないだろう。

「彼女は人間ではなかった」ケルネィが言った。「私は騙されたのです」

「何を騙されていたのですか？」

「ウォーカロンだとは知らなかった、という意味です。彼女を紹介してくれた人間も、そして彼女の生い立ちなども、すべて偽りでした」

「残念なことですね。奥様は、何とおっしゃっているのでしょうか?」

「いいえ、彼女自身も、知らなかったのです」

「え?」これには、僕も驚いた。

しかし、それはありえないことではない。ウォーカロンの教育は、メーカが独自に行っている。そのように教育されたのかもしれない。

「なかなか、こんな事情を話せる人はいない」ケルネィが言う。「ツェリンにも、どうも話しにくくて、ハギリ博士ならば、客観的に聞いていただけるかと考えました」

「ツェリン博士には、話さない方が良いということですか?」

「いいえ、違います。むしろ、伝えてほしい。私から直接は言いにくい、という意味です」

「わかりました。それから、一つ申し上げたいことがあります。測定装置の判定は、百パーセント精確ではありません。確率の数字が出ると思いますが……」

「そうですね、たしか、六十五パーセントでウォーカロンだと」

「その数字はかなり低い。断定はできません。人間も、ウォーカロンも、個人差があるからです」

「はい、もちろん理解しています。私の立場として言えることは、妻も子も、私の最愛の存在であることに変わりないという事実です。血縁などに、私は価値を見出しません。それで良いのでは、と基本的に考えております」

「そのお考えは、科学的で立派な判断だと思います」僕は言った。彼の言葉がもし本心だとしたら、尊敬に値するものだ。

「ただ、私を騙そうとした何者かがいることはまちがいない」ケルネィは言う。「こういったことが、科学的に、技術的に可能なのか、それをハギリ博士に是非おききしたかったのです。そのために、お恥ずかしい内情を話しました」

話の途中で、その目的は察せられた。僕は、正直に話す決心を既に固めていた。

「可能です」まず、結論を述べた。

「どのようにして？」

「詳しくは知りませんが、そういった技術があることを、人伝《ひとづて》に聞いたことがあります。つまり、ウォーカロンの体内に、新しい生命を格納しておく技術です」

「やはりそうですか。女性のウォーカロンに限るのですね？」

「いえ、私が聞いたところでは、両性で可能だそうです」

「なんという……」ケルネィはオーバに天井を仰ぎ見た。「信じ難《がた》いことです」

「私も、倫理的にいかがかと思います。紛《まぎ》らわしいだけの処置で、偽装以外の意味がありません。人を騙す目的でしか利用できない技術といえます」

「生まれてくるのは、ウォーカロンですね？」

「いえ、そこが微妙なのですが……」僕は、そこで数秒間考えた。「まず、生まれてくる個体というのは、現在ではウォーカロンも人間も同じです。生物学的に同じなのです。ウォーカロンは、そこに頭脳回路を埋め込み、カスタマイズされる。だから、ウォーカロンとして成長するのです。一方、その処理をしない個体は、高い確率で異常な頭脳を持つことになります。何故なら、そういった遺伝子がウォーカロンの製造に適しているため選ばれてきた、という歴史があるからです」

このあたりの知識は、僕もつい最近知ったことだった。かつての研究分野ではまったく掠《かす》りもしない領域だったからだ。

「今のところ異常がないということでしたが、将来的にリスクはあります」僕は率直に言った。「おそらく、医師もそう言ったのではありませんか?」

「ええ、そのとおりです。それを述べることが彼らの職務だったのでしょうか。やはり、本当のことだったのですね。では、妻を作ったメーカが、この異形《いぎょう》の悪事を行った。そう解釈して間違いではありませんか?」

「はい、あくまでも個人的な意見ですが」

「なるほど……。わかりました。どうもありがとうございます」

「どこのメーカなのですか?」

「それは、これから調べます」ケルネィは、小さい溜息をついた。「それなりの責任を取ってもらう必要があると考えます」

3

キガタと二人で通路を歩き、部屋まで戻った。もう屋敷は静まり返っている。パーティも終わったのだろう。この土地は、都会からは遠い。鉄道の駅も近くにはない。招かれた人も、早めに帰る必要があったのではないか。

ケルネィと話したことを、窓際の椅子に腰掛けてから振り返った。彼は、どこまで真実を語っただろう。本当にすべてを知らなかったのだろうか。ウォーカロンの素性を知らないで匿《かくま》ったのかもしれない。否、匿ったという確証はまだ得られていない。

彼が語ったことが真実だとしたら、もしも、自分の妻がウォーカロンだと知らなかったとしたら、誰かが彼を騙したことになる。ケルネィ自身がそう語った。もしかしたら、ナチュラルな細胞を持った女性だと紹介されたかもしれない。ウォーカロンが子供を産めるという発想は、普通はしないはずだ。

しかし、それができるウォーカロンだという触込みで、ここへ何人も来た、というストーリィがやはり一番自然に思える。大金が動いたはずだ。ケルネィという人物に、相応《ふさわ》しい条件をイメージすることも容易《たやす》い。

だからこそ、僕に話したのは、先手を打って自分の潔白を訴えるためだったのかもしれない。スキャンダルを避けるためだ。違法性が認められる取引に、自分が関与していないことを示したかった。その場合、日本の情報局が調べにきた、と解釈していることにもなる。その線が、もっともありそうな気がした。

僕は、彼に本当のことを素直に話した。本当だと僕が信じていることをだ。もしかしたら、驚かれたかもしれない。でも、話したこと自体は良かったと思う。むしろ、その方が安全だ。能天気な学者がやってきた、と受け取ってくれれば良い、と願うしかないか。

「君はどう感じた？」コーヒーを淹れてくれたキガタに、僕はきいた。

「そうですね。とても良い方だという印象を受けました」彼女は答える。

「今の、ケルネィ氏の三人めの子供については、本局は何と言っている？」

「いえ、まだ情報も、指示もありません」

「なんとか、その夫人に会わせてもらいたいね」

「名前もわかりません。どこにいるのでしょうか？」

「それとなく、尋ねてみようかな、機会があったら」

無邪気で素直な感想だな、と感じた。これで情報局員が務まるかは心許《こころもと》ない。

小さくドアがノックされ、返事をすると、隣の部屋からアネバネが入ってきた。

「何人か、それらしい顔を本局へ送りましたが、まだ一人も確認できません」彼は報告した。ここではまだ失踪ウォーカロンが見つからない、という結果だ。

「どうしたものかな……」僕は呟いた。「とりあえず、こちらは、ウォーカロンについての秘密情報を伝えてしまった。もう少し、彼の方からアプローチがあるかもしれない。それを期待するしかないね」

「この屋敷には、それらしいスペースが見つかりません。一階はすべてオープンな部屋です。二階には、客間と、ラビーナさんの居室、ケルネィ氏のオフィス空間があるだけです」アネバネが言った。「子供がいるとは思えません。別の場所なのではないでしょうか」

「そんなふうな話を、ツェリン博士がしていた。そうだ、彼女に話を聞いてこよう」

僕は立ち上がった。時計を見た。まもなく十時である。ぎりぎり許容してもらえそうな時刻だ。

キガタが一緒に行くと言ったが、さすがにこれは断った。ツェリンの部屋は、キガタの部屋のむこう、つまり、僕の部屋から二つめである。一人で通路に出て、彼女の部屋のドアをノックした。

返事がないので、もう一度、少し強めにノック。

ドアが開く。

「私です」と声をかける。

ドアが引き開けられる。ツェリンはガウンのようなものを羽織《はお》っていた。

「もしかして……」僕は言いかけた。

「ええ、シャワーを浴びていました。ハギリ博士、少しお待ち下さい。あとで、そちらの部屋へお伺いしますから。あの、それでよろしい?」

「はい、もちろんです。申《もう》し訳《わけ》ありません。ちょっとだけ、おききしたいことがあったのです」

「なんだ、つまらない」ツェリンはそう言ってドアを閉めた。

よく意味がわからなかったが、そのまま部屋へ戻った。もうすぐツェリンが来る、とキガタに伝える。アネバネはそれを聞いて、自室へ戻った。

「私は、いてもよろしいでしょうか?」キガタがきいた。

「ご自由に」僕はそう言って椅子に座った。キガタは、窓際に立っていて、少し困った顔をした。

「外の庭園を眺めていたのですが、人が行き来をしてます」キガタが言った。

「パーティのゲストだろうね」

「いいえ、違います」キガタは無表情で首をふった。「テニスコートよりもむこうです。食堂や広間の付近ではありません。ゲストは、反対側のロータリィからコミュータに乗っていきます」

「そこに、なにかあるのかな?」

「そちらへ行ったまま、戻ってこないのです。夕方に見たときには、建物らしいものは付近にありませんでした」

テニスをしたときのことだろう。

ドアがノックされた。ツェリンが来たようだ。

「わかった、明日、確認しよう」

「今から確かめてきてよろしいですか?」キガタがきいた。

「いや、この時間に、外をうろつくのは、ちょっと非常識だ」

「わかりました」

僕はドアを開けにいき、ツェリンを招き入れた。

彼女は、キガタが部屋にいるのを見て、微笑んで頭を下げた。

ツェリンには、一脚しかない椅子に座ってもらい、僕はベッドに腰掛けた。キガタは、自分の部屋へ入るドアの前に立った。もたれているわけではない。そこがウグイとは違う。

ツェリンに、コーヒーはどうか、と尋ねると、彼女はその必要はないと首をふった。

「えっと、ききたかったのは……」僕はいきなり切り出した。「ケルネィ氏の三人めのお子さんについてです。ご存じですね?」

「はい」ツェリンは驚いたようだ。「どうして、それをご存じなの?」

「たった今、彼から直接聞いたのです」

「彼って、ケルネィから?」

「そうです。いささか込み入った内容でした。その奥様は、ここにはいらっしゃらないようですね」

「ええ、そうだと思います。どこにいるのか、私は知りません」

「会ったことは?」

「ありません。ケルネィは、そういう人なんです。夫人どうしをできるだけ会わせませんへ。気を遣っているのだと思います。私なんか、全然気にしませんけれどね」

「パーティのときに同伴されていたのは?」

「彼女は違います。第四夫人です。パーティは、彼女の誕生日のお祝いだったみたい。えっと、昨年出産されたのは、一番新しい奥様で、第八夫人です」

「失礼ですが、貴女《あなた》は?」

「私は、第三」

キガタが、無表情でツェリンを見ていた。少なくとも、パーティの主役よりは古株《ふるかぶ》だ、ということだ。

「その第八夫人が、ウォーカロンだったそうですが……」

「え、本当に?」ツェリンは目を見開いた。

「ご存じなかったのですか?」

「知りません。彼がそう言ったのですか?」

「直接そう聞きました」

「信じられない。それは、うーん、ちょっと衝撃です」

「どうしてですか?」

「あの方はね、ええ、古風なの。もともと身分の高い家系です。普通に考えて、ありえないことだわ」

「ケルネィ氏は、知らなかったと言いました」

「きっとそうだと思います。あ、でも、変じゃありません? もしかして、子供が生まれたのは、そういう特別なウォーカロンだったということ? それとも、そう……、タナカ博士が研究されていたような……、ナチュラル細胞から作られた……」

「いいえ、それはたぶんありえない。時期的な問題もあります」

タナカの実験が世界初の試みだったとすれば、の話ではある。その場合、タナカ夫人よりも年齢が上のナチュラル・ウォーカロンは存在しない。失踪した時期から考えても、矛盾している。

「それは、そうね……」ツェリンは気づいたようだ。「では……、本当は産んでいない? ケルネィの子供ではない、という可能性は?」

「それも、彼は否定しています。なにか確固たる証拠があるような様子でした。つまり、第八夫人は、一人で妊娠し、出産したのです」

「信じられませんが、さきほどのマジックだと？」

「そういうウォーカロンがいることは確かなようです」

ツェリンはその分野における専門家であり、僕よりもずっと技術的な手法に詳しいので、理解は早かったはずだ。

「どこからその情報を？　私は聞いたことがありません。しかし、可能な技術であることは理解できます。過去に、正常な妊娠ができない女性に、別の母体で受精した卵子をインストールする治療がありました。逆に男性にも、同じことが可能です。カプセルの仕組みも、ええ、思い当たる技術が存在します。ただ、あまりにも無謀というか、意味のないことです。そんな偽装をすること自体がナンセンスです。リスクが大きすぎます。誰か、それに関わった人が、良心の呵責《かしゃく》に耐えかねてリークしたのですね？」

「わかりません。僕は聞いただけです。情報源は知りません」

ペガサスから聞いたことだというのは、黙っていた方が良いだろう、と考えた。

「あ、そうそう。お伝えしておかないといけませんね。今話したことは秘密なのですが、ケルネィ氏は、貴女には伝えてほしい、とおっしゃったのです。自分からは話しにくいので伝えてほしいと」

「そうなんですか。びっくりしました。いえ、子供がケルネィ氏の血を引いていないということは、大した問題ではありません。孤児を引き取ることだって認められているのですし、彼は慈悲深い人ですから、まったく問題はありません。ただ、奥様がウォーカロンだというのは、絶対に公開はできないでしょう」

「そうなんですか」僕は頷いたが、その点については意外だった。

「それが、ここの文化です。彼を取り巻いている人たちの文化なのです」

「その第八夫人の写真は、手に入りませんか？」思い切って、単刀直入にきいてみた。

「え、どうしてですか？」

「パリで失踪したウォーカロンではないか、と疑っているのです」

「誰が疑っているの？」

「私の上司が」

「先生の上司？　ああ、日本の偉い方という意味ですね？」

「まあ、そうです」

「えっと、どうかしら。少なくとも私は知りません。私自身、会ったこともないのです。でも、そうだ、ラビーナにきいてみましょうか、それとなく」

「無理をなさらないで下さい。怪しまれますから」

4

ツェリンは、アルコールが飲みたくなったと言い、ドアの近くまで行って、垂れ下がっているロープを引いた。

「ちょっとショックが大きすぎて、このままじゃあ眠れません」彼女はそうつけ加えた。

二分ほどで、ドアがノックされ、ツェリンがドアを開けた。若い男が通路に立っているのが見えた。彼は部屋の中へも視線を向け、僕を確認したようだった。キガタは、壁の窪《くぼ》みに立っていたので見えなかっただろう。誤解されなければ良いが、と少し思った。明らかに、余計な心配である。

「ワインをお願いします。グラスは四つ」ツェリンは事務的に言い、ドアを閉めた。

戻ってくると、椅子に腰掛け、大きく溜息をついた。

「アネバネさんは?」彼女はきいた。

「隣にいますよ」僕はそう答えたが、ほぼ同時にドアが開いて、アネバネが顔を出した。

「今、ワインを頼みましたから」ツェリンが言う。

「私は、アルコールは飲みません」アネバネが答えた。

「ハギリ先生は?」ツェリンが僕を見る。

「ご存じだと思いますけれど……」

彼女は、次にキガタを見た。「貴女は?」

「申し訳ありません。私はおつき合いできません」キガタが答える。

「彼女は未成年です」

「この国には、そんなルールはありませんよ」ツェリンは言った。「しかたがない人たちですね」

アルコールを飲むというのが、現代ではかなり少数派なのだが、僕は黙っていた。べつにアルコールを飲む人を近くで見るくらいは許容できる。

五分もしないうちに、ワインが届いた。キガタがドアを開けにいく。中年の男性が、ボトルとグラスをのせたワゴンを部屋の中まで押してきた。さきほどの若いウォーカロンはいない。彼は無言でお辞儀をして、部屋から出ていった。ウォーカロンだろう、と僕は思った。

ワインの栓《せん》をアネバネが抜き、ツェリンのグラスに彼が注いだ。そんなサービスをするところを見るのは初めてのことだ。

つき合いの悪いグループを代表し、僕は一センチくらいならば、とつき合うことにした。ツェリンはそれをことのほか喜んだ。この、アルコールにつき合うことに嬉しさを感じる心理を、僕は理解できないが、わりと共通して見られる一般的な傾向といえる。

「ラビーナさんには、何を教えたのですか?」当《あ》たり障《さわ》りのない話題を僕は思いついた。ワインは一口だけ飲んだが、もう顔が温かくなっていた。

「数学です」ツェリンは答える。「私は、こちらの通信塾で講師のバイトをしていたのです。それで、直接ケルネィさんから、うちの娘を教えてもらいたいって連絡があったの。でも、わざわざこの家へ来なくても、教育ならば可能ですよね?」

ツェリンが言いたいのは、つまり、ケルネィはツェリンに直接会いたかった、そのために娘の家庭教師を口実にした、ということだろうか。その後の経緯を考えれば、比較的順当な推測だと思われる。

「ハギリ先生と、人間の意識についてお話ししたあと、私の考えは変わったかもしれません」グラスのワインを飲み干したあと、ツェリンは別の話題を持ち出した。「今は、ウォーカロンが、人間と同じで、区別ができないものだという方向へ、それを認めなければならないのだという方向へ、私は近づきつつあります」

「人工知能については、いかがですか? 人工知能の意識や感情については?」

「それは、まだわかりません。私、そういった方とおつき合いがないので」ツェリンはそう言ったあと微笑んだ。そして、グラスにワインを注《つ》ぎ足《た》した。「もちろん、今のは冗談です。やはり、その存在を認めざるをえない、というのが正直なところです。それが最も合理的な判断だと今は確信しつつあります」

「その次は、生命という存在について、同じ判断を迫られるでしょうね」僕は言った。これは、ペガサスの実験を知ったから出た言葉だろう、と自分で意識した。

「ハギリ博士は、意思の起源は、複雑性だとおっしゃっていましたね。生命についても、同様でしょうか?」

「わかりません」僕は首をふった。「僕の専門から遠すぎる。まさか、こんなところまで来るとは思ってもいませんでした」

「では、アミラが語っている共通思考については、いかがですか? 人工知能が世界をまとめて、一つの思考回路を築くこと、一つの意思を形成すること、それは意味のあることでしょうか? はたして現実的に可能なことでしょうか?」

「全然そこまで考えていません」僕はまた首をふる。「でも、これだけネットワークが完備して、文明の価値を世界で共有しなければならない社会になったのですから、そういったものが必要だと考えるのも、ある意味自然なことだとは感じますね。たとえば、少しまえの国家がそうでした。政府とか議会というものを作って、国の意思を決定したのです。そうしないと、社会に対して合理的な活動を実現できない。まあ、その当時は、ほかの国があって、自国を有利に発展させなければならないという切迫した事情があったわけですけれど」

「地球は一つで、宇宙人はまだ攻めてこないわ」ツェリンが言った。「それでも、必要でしょうか?」

「進化が善だと捉えるかどうか、ではないでしょうか」

「何の進化ですか? 人間の? 社会の? 文明の?」

「そこですよね。主体が何者かという点が、僕には見極められません。人間ではないような気がします。人間は、もう物の数ではないのでは?」

「私もそう思います。でも、人工知能は、自分たちをどこまで高めるつもりでしょうね。マガタ博士にとっては、おもちゃだったのかしら。マガタ博士が望んだものが、今の社会なのでしょうか?」

「おそらく、マガタ博士はなにも望んではいない、と僕は思います。それは……、なんというのか、僕自身の烏滸《おこ》がましい独《ひと》り善《よ》がりな感覚ですが、僕自身、なにも望んでいないのです。マガタ博士ほどの人が、望む望まないで、ものごとを判断するとは思えません」

「感情ではないという意味ですか? では、何? 何が彼女のモチベーションなの?」

「もっと、そうですね、自然なというか、素直な行為だと想像します。つまり、見たいものを見るのではなくて、どこかでふと動いてものを見る、我々の目は、そうじゃないですか。自由に目を向ける。考えたいものを考えるというよりも、ふと考えてしまう。我々が、思いつきと言っているものに最上の価値があって、ただそれにすべてを委ねているのです。そういうものには、理由がない。きっと、幼い子供がそんな行動を取ると思います」

「そうね、そのとおりだわ。子供って、そうなんですよ。考えているわけじゃないの。感情に支配されてもいない。感情的なのは、むしろ成長した大人の方です」

「感情というのは、初歩の知性が作り出した幻想ですよ」

「初歩の、というのは、幼稚なという意味ですか？」

「まあ、そうですね」

「あぁ、そうかもしれない。子供は泣くけれど、悲しいわけじゃないの。笑うけれど、楽しいわけでもないわ。子供は、反応、興味、注目、興奮、そんなものに動かされています。一人しか育てたことがありませんけれど、そう感じたものです。それらに対して、母親が、感情的に接するから、子供は感情というサインを覚えるの。コミュニケーションの手法としてね」

「大人は、もっと考えろ、と子供に言いますね」

「理由づけをしろ、という意味ね。生きていくうえで、それが武装になるから」

「僕の識別システムが、低年齢ほど精度が落ちるのは、基本的にそこが原因だと思っています。言葉が話せない子供は測定できませんが、もし測定できる手法があったとしても、おそらく人間とウォーカロンの区別はできないでしょう。両者の違いは、先天的なものではないということです。生まれたばかりのときは、まったく同じもの、同じ人間なのです」

「なんだか、ぞっとするお話ですね」ツェリンは自分の肩を両手で抱いた。それから、ワゴンのグラスに手を伸ばす。口へグラスを運び、ワインを飲んだ。「とても素面《しらふ》では聞けませんよ、こんなお話」彼女は、ドアの前に立っているキガタを見た。「貴女、こんな話、面白くないでしょう？　ごめんなさいね。私たちだけで話をして」

「いいえ、大変興味深いと思います」キガタが答えた。

「優等生だわ。お名前は何ていうの？　キガタさん」

「サリノです」

「キガタ・サリノさん。私は、ツェリン・パサン」

「はい、存じております」キガタは、小さく頷いた。

ツェリンは、そこで吹き出すように笑った。ウォーカロンにはできない芸当である。

「いいえ、ごめんなさい、貴女のことを笑ったのではありません。なにか、理由もなく、笑いたくなってしまったの。いけないわね、一人で酔っ払ってしまって」

5

翌朝は、目が覚めたら十時を過ぎていた。これは、ツェリンにつき合ったためではなく、時差のためだ。僕にしては珍しくぐっすり眠れて、壮快な気分だった。三人で食堂に下りて、遅い朝食をとった。その後、庭園を散策することになった。もちろん、キガタが昨夜指摘したことを確かめにいくためである。

テニスコートを横に見て、小径を進んだ。ずっとさきに、ジェット機が見える。昨日、日本から乗ってきたものだ。ほかに、航空機らしいものはなく、また格納庫も見当たらない。

庭園の地面は、ほとんど芝のような短い草で覆われている。ところどころに広葉樹があるが、それほど大木ではなく、いずれも同じサイズで揃《そろ》っている。

キガタが立ち止まって、周辺を見回した。

「この辺りだったと思います」彼女が言った。「現在は、熱感知では区別できません。どこかに、地下への入口があると推測されますが」

「あちらに、地下格納庫があります」アネバネが言った。ジェット機が見える方向を指差している。「着陸するときに、それを知らせる警告が出ていました。おそらく、ケルネィ氏の飛行機が地下に格納されているのだと思います」

一箇所に立ち止まっているのは怪しまれるかもしれないので、僕たちはまた歩き始め、ジェット機まで行くことにした。かなり離れたところに、一つの人影が見えた。樹の側でなにか作業をしている。庭の管理だろうか。距離は二百メートル以上離れている。僕たちの方を見ていた。

ジェット機の近くまで来た。アネバネが指摘したように、アスファルトの地面のエッジが金属のフレームで、切れ目がある。持ち上がるのか、それとも沈むのか、いずれかだろう。地下へアプローチできるようになっているのだ。

「昨夜、私が見たのはここではありません。もっと手前でした」キガタが言った。屋敷の方向を軽く指差す。「綺麗に隠されているのが気になります。どこかに空気の取入れ口あるいは排気口があるはずです」彼女はその方向を見つめている。「きっとあちらです。戻りましょう」

小径を戻り、途中で脇道へ入り、初めての方向へ進んだ。庭木が集まっている箇所が近づく。

「あそこです。温度の違う気流が確認できます」キガタが言った。そのブッシュのことらしい。

道からも逸れ、草地をさらに近くまで進む。ざっと確かめてみたが、換気口らしいものは見つからない。しかし、キガタは高い樹を見上げている。

「この樹の上に、換気口があります」彼女は言った。「樹の幹を通って、枝の途中から排気しているようです。おそらく給気も、どれかの樹がそうだと思います」

排気は、温度の異なる空気で見つけられるが、給気は温度では見つけられない、ということのようだ。

「景観を損なわないようにしているのかな?」

「いいえ、その目的にしては、コストがかかりすぎています」キガタが言った。「隠されているスペースがあって、そこには、呼吸が必要な生命がいます」

「ここの地下に?」

「はい、まちがいありません。排気量から見て、小さいスペースではありません。建物とは通じていないとすれば、どこから出入りしているのか……」キガタはまた周囲を見回す。

「案外、尋ねたら教えてくれるかもしれない」僕は呟いた。「あまり人を疑ってかかるのもどうかと思う」

「そうですか。失礼しました」キガタが僕の方を見た。

屋敷の方から人がカートに乗って近づいてくる。三人だった。一人はケルネィで、あとの二人はスーツ姿の男性だ。むこうもこちらに気づいたようなので、元の小径まで戻った。

「ハギリ博士、私はこれから、遠くへ出かける仕事があります」カートから降りて、ケルネィが言った。「明日には戻れると思いますが、もしなにかありましたら、誰でもけっこうですから、申し付けて下さい」

「ありがとうございます。私も、明日には戻ろうと思います」僕は応える。

「ごゆっくりしていって下さい」ケルネィは微笑んで軽く頭を下げ、またカートに乗り込んだ。

三人を乗せたカートは、ジェット機の方へ進んだ。その場所は、周囲よりも少し高いので、地面は見えなかったが、静かな作動音とともに、もう一機別のジェット機が迫《せ》り上がってきた。やはり、地下に格納されていたのだ。僕たちのジェット機のすぐ横に現れた。

彼らは、カートから降り、ジェット機に乗り込んだ。すぐにエンジンが始動した。

僕たちは、屋敷の方へ戻ることにする。食堂のテラスで、テーブルの用意をしているスタッフが三人見えた。ランチの準備をしているのだろう。そこへ、ツェリンが現れた。眩しそうにこちらを見ている。

エンジン音が大きくなり、振り返ると、ケルネィのジェット機が離陸するところだった。斜めに上昇し、あっという間に、小さくなった。

テラスへのステップを上がり、ツェリンと挨拶をした。

「昨日は、申し訳ありませんでした」神妙な顔つきで彼女は頭を下げた。

「何がですか?」僕は尋ねる。

「あ、いえ、勝手に先生の部屋で酔っ払ってしまって……。反省しています」

「反省しなくて良いと思います」

ツェリンは、片手で日差しを避け、空を仰ぎ見ている。僕ももう一度そちらを見た。ジェット機のエンジン音はもう聞こえない。どこにいるのかもわからなかった。

「ケルネィ氏が出かけたようです」僕がそう言うと、

「カナダへ行くと言っていました」ツェリンは応える。

それはずいぶん遠いな、と少し驚いた。明日にも戻ると話していたからだ。どこかで、もっと高速の飛行機に乗り換えるのだろう。

テラスでパラソルの開いたテーブルの一つを囲み、僕たち四人は椅子に座った。若い男性のウォーカロンが出てきて、飲みものを尋ねたので、熱いコーヒーを頼んだ。ツェリンは紅茶のようだったが、葉なのか、産地なのか、固有名詞で指定していた。アネバネとキガタはミネラル・ウォータである。

飲みものが届くまでは、この地方の話題で、どれくらいの規模の街があるのか、産業は何か、などをツェリンが説明してくれた。しかし、彼女自身もこちらに定住したことはなく、詳しくは知らないという。

カップとグラスがテーブルに並んだ頃、ラビーナが一人で現れた。肩に薄い布を羽織っている。僕たちの方へ真っ直ぐに近づいてきた。

「ランチですか?」ラビーナがきいた。

「いいえ」僕は答えたが、時計を見ると、十一時をとっくに回っていた。「ランチにしても良いですね、今気づきました。時差ぼけなんです」

ラビーナは隣のテーブルの椅子に腰掛ける。遠くはない。躰もこちらに向けている。

「先生、あのことをきいてもらえますか?」後ろからキガタが囁いた。

「え、ああ……」僕は頷く。ツェリンとラビーナが僕を見ているので、どんなふうに尋ねようか、と一瞬思いを巡らした。「あの、あの辺りなんですが……」と指をさす。「なにか、地下施設がありますか?」

「ええ、ガレージのことですね」ラビーナが言った。「クルマや飛行機のための施設です」

「もっと手前です。居住できるような空間があるのでは?」僕はきいた。

ラビーナは首を傾げて黙った。ツェリンは、少しだけ目を見開いた。

「えっと、人工の樹があって、給排気をしているようなんです。空気の温度でわかります。それで、もしかして、地下になにかあるのかなと思ったのです」

「さあ、そんなものはないと思いますけれど」ラビーナが言った。「でも、私の知らないものがあるのかもしれませんね。誰かにきいてきましょうか?」

「いえいえ、じゃあ、私の勘違いでしょう」僕は微笑んだ。「気にしないで下さい」

ラビーナにも飲みものが届き、そのあと、世間話をしているうちに、自然にランチになった。僕たちにとっては、朝食とやや近すぎる。パンケーキやフルーツ、それにスープだった。コーヒーも美味しく、申し分ない。まるで、リゾートに来ているような錯覚を持った。

「こんな太陽の下で食事をするなんて、幸せだね」僕は呟いた。本当にそう思っているかどうかは自問しなかった。幸せというのは、言葉にすることでしかリアルにならないものかもしれない。

メイプルシロップをかけてパンケーキを頬張《ほおば》っているとき、どこからともなく、叫び声が聞こえてきた。

6

遠くから届いた声だった。女性の悲鳴のようにも聞こえた。しかし、建物の中ではない。庭園の方、つまり、ジェット機が置かれている方向からだ。

建物の中から、二人の男性が飛び出してきて、慌てた様子でテラスを横断し、庭へ走り出ていった。どちらも、さきほどランチの給仕をしてくれたウォーカロンだった。

テラスから続く小径を走っていく。しかし、樹の陰《かげ》になる手前で突然何者かが現れた。鈍い音と呻《うめ》き声が聞こえたかと思うと、二人はそこに倒れた。僕たちから三十メートルほど離れている。

そのときには、僕の前に、キガタとアネバネが立っていて、視界が遮られる格好になった。僕は座ったまま姿勢を変えて、そちらを覗いた。

人間かウォーカロンだ。二人いる。グレィの作業服を着ていた。その二人が、こちらから走っていった二人を倒したのだ。暴力的な行為であることはまちがいない。

「武器は持っていないようだ」アネバネが静かに言った。

「精確にはわかりません」キガタが返す。彼女は振り返って、僕を一瞬見た。確認したようだ。なにか指示を求めたのではない。すぐにまた前を向いてしまった。

二人の男は走らず、ゆっくりとこちらへ近づいてくる。ほぼ同じ体格だ。片方は口から血を流しているようだ。他方は、上衣を途中で脱いで、投げ捨てた。肩が剝《む》き出《だ》しになったシャツだった。

二十メートルほどの距離になったときに、さっと左右二手に分かれて、走り始めた。右へはアネバネが、左へはキガタが対応する。

僕は腰を浮かせる。ツェリンも立ち上がり、近くへ来た。異常な事態であることは一目瞭然だ。

「やめなさい。何があったの?」後ろのテーブルで、ラビーナが叫んだ。

しかし、彼らはなんの躊躇《ちゅうちょ》もなく、突進してきた。

彼らを遮っているのは、アネバネとキガタだ。

シャツの男はジャンプして、アネバネに襲いかかり、もう一人は、キガタにタックルしようとした。

鈍い音がする。アネバネが地面に躰を倒し、相手の脚を蹴《け》った。

キガタは、高く飛び上がり、男へ上から飛び込んだ。

一瞬にして、大男二人が地面に倒れる。アネバネは、相手の胸に乗り、首を押さえる。キガタは、脚を相手の首に掛け、横向きになっている。二人とも、声は発しない。

呻き声は止《や》み、静かになった。

さきに離れたのはアネバネで、後方へ飛び、じっと相手を見下ろした。

キガタも、男から離れ、立ち上がった。

アネバネは、キガタを見て、それから僕の方へ戻ってきた。

「ウォーカロンの暴走でしょうか」彼は僕にそう言った。そして、目を見開いているラビーナへ視線を移す。アネバネは尋ねた。「ここのスタッフですか?」

「そうです。二人とも……、どうしてこんなことを?」

建物の中から、三人が飛び出してきた。いずれも男性で、この屋敷のスタッフのようだ。倒れている二人を見たあと、ずっと先で倒れている仲間の方へ走っていった。

「警察か救急車を呼んだ方が良いのでは?」僕はラビーナに言った。彼女は無言で頷いた。

「どこから出てきたの?」ツェリンが呟いた。

キガタが、突然庭園へ走り出ていった。もの凄い速力である。庭木の中へ飛び込み、あっという間に見えなくなった。

「どうしたのかな」僕は呟く。

「出入口を確かめにいったようです」アネバネが答えた。

「この二人は、何をしようとしたんだろう?」僕は彼に意見を求めた。

「目的があったとは思えません。武器もないし、それに二人とも、戦闘能力が低いタイプです。目的があったのなら、こんなことはしないと思います」

「そうだね……」

アネバネは、キガタが倒した男を見にいった。

あとから出ていった男性のウォーカロンが一人戻ってきた。小径の先で倒れた二人は怪我《けが》をしているが、大丈夫そうだ、と話した。突然殴られて踞《うずくま》った。一人は気を失っていたらしい。

「先生、来て下さい」キガタの声が聞こえた。

僕は、テラスから下りていく。アネバネがこちらを見た。彼には聞こえなかったようだ。デボラが中継をしたから僕にだけ聞こえたようだ。

「キガタが呼んでいる、行ってみよう」僕はアネバネに指示した。

アネバネが走っていく。僕は歩いて向かった。ツェリンがあとから駆けてきて、僕に追いついた。近道をするため、小径ではなく芝の上をまっすぐに縦断し、樹々の間を通った。キガタが飛び込んでいったのが、この辺りだったからだ。背の高い草を掻《か》き分《わ》け、障害物を幾つか跨《また》がなければならなかった。

草木に遮られて、キガタもアネバネもどこにいるのかわからない。それでも、ツェリンと進んだ。

「先生、こちらです」キガタの声が横から届く。

低い樹木を迂回《うかい》して進むと、金属製のボックスのようなものがあった。すぐむこうに、さきほど見たばかりの場所、換気をしている大木がある。小径の位置も確かめた。そのボックスの横でキガタが待っていた。

近づいて回り込むと、ボックスの中へ階段が続いていた。入口のようだ。

「どこから現れたのかな」僕は不思議に思った。「地下から出てきたんだね。さっきはなかったよね」

見ると、ボックスの上に草が茂っている。やはり、この部分が地下へ沈み、カモフラージュするようにできているのである。あの暴走した二人のウォーカロンは、ここから出てきた可能性が高い。女性の悲鳴が聞こえたのも、ここからか。僕は、振り返って屋敷を見た。二階の窓が樹の枝の隙間から見える。昨夜キガタが、この辺りを人が歩いていると指摘したとおりの場所だったわけだ。

「アネバネは？」僕はキガタにきいた。

「中へ入りました」キガタは答える。

「ここ、知っていました？」僕は、すぐ後ろに立っていたツェリンに尋ねた。彼女は無言で首をふった。

本当かどうかわからないが、ラビーナも知らないと話していた。そういう秘密の場所だということになる。主人は不在だ。勝手に入っても良いだろうか。しかし、ここから飛び出してきたと思われるウォーカロン二人に襲われそうになったのだから、調べる権利はあるだろう。

階段の下からアネバネの声が届く。中は安全そうだ、と言った。

キガタがさきに下りていき、僕とツェリンが続いた。階段は狭く、急だった。途中に踊り場があって、そこから方向が変わり、階段もコンクリートになった。可動式なのは、最初の区間だけだとわかった。

「何があるのかしら？」ツェリンが囁いた。「ケルネィの金庫かもしれない」

「金庫に何を入れるんですか？」僕は前を見たまままきいた。

ツェリンは答えなかった。今時、金庫に保管しなければならないものなんてあるだろうか？　だいいち、ウォーカロンが出入りしていたのだ。換気もされていた。金庫ではないだろう。

階段が終わると、明るい通路に出た。地上からの深さは、五メートル以上あったと思う。通路の両側にドアが三つずつ並んでいる。正面は十五メートルほどで突き当たる。アネバネが通路中央の右側のドアを開けて待っていた。

「推定で六名います」デボラが教えてくれた。「四人は、向かって左の一番奥です、いずれも女性でウォーカロンと思われます。右中央に、おそらく人間が一人。右の奥の部屋にウォーカロンが一人」

デボラは、頭脳回路にアクセスできたものをウォーカロンと推定するが、これは確実な判断ではない。人間であっても、頭脳回路がネットに接続されている場合があるからだ。

「あちらの奥に、四人います。反対側には一人」アネバネは奥を指差した。デボラが言ったとおりだ。「怪我をしているようですが、軽傷で意識はありません。まず、こちらを見て下さい」

アネバネが開けているドアの中を覗いた。奥にベッドがあり、人が寝ているようだった。周囲には治療用の器具が置かれている。病人だろうか。

「ほかの部屋は確かめました」アネバネは続ける。「厨房《ちゅうぼう》、バスルーム、食堂などです。奥の二つが居室で、そこで生活をしていたようです」

病人の部屋へは、ツェリンが入っていった。アネバネが見ろといった意味は、ここがこの場所の核心だと判断したからだろう。病人は、女性のようだ。しかし、動かない。

そこはツェリンに任せ、僕は、キガタとともに奥の部屋を見にいくことにした。左のドアをキガタが開けた。家具が沢山《たくさん》置かれ、二段ベッドも二つ並んでいた。照明は明るい。ベンチが壁際にあり、そこに二人の女性が座っている。彼女たちは怪我をしていて、ほかの二人が手当てをしているところだった。

おそらく、男性のウォーカロンが暴れたことが原因だろう。悲鳴を上げたのも、この二人のどちらかではないか。

床に小さな子供がいる。四《よ》つん這《ば》いになって動いていた。デボラは、この子供のことを見逃していたようだ。その近くには、毛布が何枚も敷かれている。今まで隠れていたのかもしれない。デボラは、ウォーカロンの目を使って見ていたはずだ。今は、キガタの目を使っているだろう。

僕たちを見て、子供は驚いた顔でじっとこちらを見据えた。脚を前に投げ出して座り、自分の手を口に入れようとする。高い声を上げる。なにを言っているのかわからない。まだ言葉がしゃべれないようだ。性別もわからなかった。

「子供は、ウォーカロンではありません」デボラが言った。頭の中に入れないからなのか、それとも、ほかのウォーカロンのメモリィを参照したのだろう。

「怪我は大丈夫ですか?」僕は質問した。

「一人は骨折しました」立っている一人が答えた。「治療が必要です」

「もうすぐ警察が来るはずです。救急車を呼びましたか?」

「いいえ、まだです。呼んでも良いでしょうか?」

「良いと思います」僕は答えた。「あの二人が暴れたのですか?」

「はい、そうです」

「どうして?」

「わかりません。突然のことで」

「なにか、トラブルがあったのですか?」

「いいえ」

「救急車の手配をしました」キガタが言った。追加でもう一台という意味だ。

ここで働いていたスタッフのうち男性二人が、突然暴れだした、と女性たちは語った。なにも兆候はなかった。二人の男性は、昨夜ここへやってきた。交代制になっていて、予定どおりの交替だったらしい。

何のために、ここにいるのか、と質問すると、彼女たちは黙ってしまい、答えなかった。おそらく、部外者に話してはいけないことになっているのだろう。

この部屋の向かいにも一人いたが、水道の修理をしている男性スタッフだった。大きなスパナを片手に持っている。なにか騒ぎがあったことは知っていたが、見てはいない、と答えた。屋敷のスタッフの一人だという。ウォーカロンだろう、と僕は思った。

僕たちは、病人の部屋へ戻った。

ツェリンがベッドの側に立っていた。近づくと、彼女が振り返った。口に片手を当てている。驚いたことに、彼女は泣いていた。

7

ベッドに横たわっているのは、年配の女性だった。否、少なくとも、年配に見える女性である。目は開けているものの、こちらを見ない。視線は宙をさまよっている。目以外もほとんど動かない。それでも、呼吸はしている。計測器のモニタが、彼女の鼓動や呼吸、それに血圧を表示していた。細いチューブが数本、計器の下の装置からベッドの中へつながっているようだった。頭には白い帽子を被っているが、それは治療用のものか、あるいは手術の跡のサポータではないかと思われた。その帽子からも、コードが何本も垂れ下がり、ベッドの奥へつながっている。

片手だけをシーツの上に出していたが、その白い手は極端に細く、肌も老人のようだった。

ツェリンは、両手を頬に当て、涙を拭《ぬぐ》った。

「この方は、誰ですか？　いったいどうしたのですか？」僕は彼女に尋ねた。

ツェリンは、静かに首をふった。彼女は、腕を伸ばし、病人の片手に触れて、しばらく握ったあと、シーツの中にその手を入れようとした。しかし、上手《うま》くいかなかった。病人が反発したようだ。意識的にではないだろう。ただ、怖がって避けたようにも見えた。こちらが見えているのだろうか。

ツェリンが促《うなが》したので、僕たちは通路に出た。

「彼女を知っています」ツェリンは小声で言った。押し殺した声だった。「あれは、ラビーナです」

「え？」僕は驚いた。「でも……」

「どういった理由なのか全然わかりません」ツェリンは目を閉じて、首をふった。それから、大きく深呼吸をしてから目を開けて、僕を見据えた。「でも、まちがいない。私はあの子を教えていたの」

「では、あの、屋敷にいるラビーナさんは？」

「わかりません」

「ここに、病気のお嬢さんを隠していたのでしょうか。どうして、病院で治療を受けないのでしょうか。どこが悪いのでしょう？」

「わかりません。たしかに、病弱な子ではありましたけれど……」

「あちらにいる子供は?」僕は通路の奥を指差してきいた。

ツェリンは、まだそこを見ていなかったので、再び奥の部屋へ入った。アネバネが、通路からその部屋の中を見張っていた。四人の女性たちは、さきほどと同じ場所にいる。ベンチに二人が座り、二人は立っている。床では子供が座っていて、四人は、それを囲んで見ている。

ツェリンは、子供を見にいった。彼女は、子供を抱いても良いか、ときいた。座っている一人が、それに答えた。

ツェリンは、子供を持ち上げる。いつの間にか、彼女は笑顔になっていた。驚くべき変わり様だ。子供を少し揺すったりする。どうして、そんなことをするのか、僕にはわからない。子供は、声を上げた。どうやら、嫌がっているのではなさそうだ。

座っている人が、両手を伸ばしたので、ツェリンは、彼女に子供を渡した。子供は、その女性の腕に抱かれて、胸に顔を埋めた。

ツェリンがこちらへ戻ってくる。

「一歳くらいですね」彼女は、僕の耳に口を近づけてそう囁いた。「たぶん、今抱いている人が母親です」

僕は、そちらへ視線を向けないわけにいかなかった。その女性は、色の黒い東洋人である。子供は、あまり似ていない。髪の色も違う。

僕たちは通路に出た。

「あの子が、ケルネィ氏の第三子ということでしょうか」僕は言った。

「断定はできません」ツェリンが答える。

戸口に立っていたアネバネが、僕に顔を寄せる。耳許《みみもと》で囁いた。「さきほど暴れた二人は、失踪したウォーカロンです。写真で照合ができました。それから、そちらの部屋にいる四人のうち少なくとも二人もそうです」

「どの二人？」

「ベンチに座っている二人です」

「何のお話？」ツェリンが僕に言った。

「とにかく、外に出ましょう。もうすぐ警察が来る」僕は言った。「屋敷の方が気になりますし」

四人で階段を上がり、地上に出た。今度は小径を歩き、屋敷へ向かって歩いた。地下よりも屋外は幾分気温が高いが、曇っているためか、今日は昨日ほど暑くはない。

「隠していたのだと思われます」僕はツェリンに言った。「失踪したウォーカロンだからですね、たぶん」

「あの人が第八夫人だとしたら、酷い待遇だと思う。可哀相《かわいそう》です」

「しかたがなかったのかもしれません。事情はケルネィ氏本人から聞く方が良い、直接ね。しかし、あのベッドの人がラビーナさんだというのは、信じられません。ラビーナさんに話をききましょう」

「そうね。私の思い違いかもしれません」ツェリンは頷いた。

小径に倒れていたウォーカロン二人は既にいなかった。屋敷へ引き上げたのだろう。テラスの手前で倒れていた二人は、まだそのままだった。アネバネとキガタが排除した二人だ。プロの仕事は確実だということか。かつては、この排除という言葉の代わりに、息の根を止めると言ったらしい。

テラスには、十人ほどが集まっていた。いずれも、屋敷のスタッフのようである。殴られて倒れた男性二人は、椅子に腰掛けて、手当てを受けていた。一人は顔が腫《は》れているし、もう一人は腹を押さえて苦しそうだった。しかし、ここまで歩いてこられたのだから、大丈夫そうではある。

昨日、僕たちを案内してくれた長身の老人が、警察がまもなく到着する、と言った。

「ラビーナさんは、どこですか?」僕は彼に尋ねた。

「お部屋に戻られたと思います」老人は答える。

それを聞いて、僕とキガタは建物の中に入った。ツェリンは、テラスに残り、ウォーカロンの手当てを手伝う、と話した。アネバネも、その場に残ることになった。自分たちが排除した二人のことを見届けるためだろう。

「デボラ、聞いている?」歩きながら、僕は話しかけた。

「あの二人のウォーカロンを操ったのは、トランスファではありません。その痕跡《こんせき》が見つかりませんでした」

「では、どうしてあんなことを?」

「彼らのユーザ的人物が暴れるよう命じた可能性が最も確率が高いのですが、あの地下空間に、それらしい人物が存在しませんでした」

「事前にケルネィ氏が命令したとは思えないね」

「はい。となると、偶然の暴走でしょうか。確率は低くなりますが、可能性は否定できません」

「意味もなく暴れたのかな。それとも、誰かを襲おうとしたのだろうか?」

「不明です」

階段を上がっていく。ラビーナの部屋の場所は、デボラが指示をしてくれた。ケルネィのオフィスの近く、つまり客室とは反対側のウィングだった。

「最初に暴行を受けた二人は、彼らと知合いでした。急に暴力を振るわれたことに、ショックを受けています」デボラが続ける。「止めようとしたわけでもないのに、殴りかかってきた。つまり、目標以外にも攻撃を加えているのです。普通、そういった指示を出すとは考えられません」

「目標があったら、無駄なことはしないし、寸前まで普通に装った方が効果的だ。それをしなかったということは、単なる暴走だと?」

「そのとおりです」

ラビーナの部屋の前まで来た。僕は、ドアをノックした。

「中にいる?」デボラにきいた。

「います。彼女は、ウォーカロンではありません。電磁波が確認されました。未確認のパルスコードです」

返事がないので、もう一度ノックをする。

「ラビーナさん、いらっしゃいますか?」僕は呼んだ。わりと大きな声を出したつもりだ。

小さな音がして、ドアが少し開いた。彼女の顔が覗いている。

「ラビーナさん、あの、お話が伺いたいのですが……」

首を傾げたように見えたが、無言で彼女はドアを開けた。そして、僕に背を向けて奥へ入っていく。ドアの中は通路になっていて、右手に別のドアがあった。しかし、彼女は奥へ真っ直ぐ進んだ。もう一つガラスのドアが正面にある。そこは開いていた。奥に広いリビングルームが見え、薄いカーテンが引かれた窓もあった。

僕は、ガラスのドアの手前で立ち止まった。ラビーナが「どうぞ」とも言わなかったので、待った方が良いと判断した。キガタが僕の後ろで通路のドアを閉めた音がする。

リビングに入っていったラビーナは、一番近くに置かれていた木製の椅子を片手で掴《つか》んだ。

低い唸《うな》り声。誰の声かわからなかった。

ラビーナがこちらを向き、その椅子を僕の方へ投げつけた。咄嗟《とっさ》に屈《かが》み込《こ》み、どうにかそれを避けたが、腕になにかが当たった。

驚いてしまい、僕は床を見ていた。慌てて、顔を上げる。

ラビーナは、さらに壁際にあった電気スタンドを両手に持ち上げ、それを振り回そうとする。コードが引きちぎれ、小さなテーブルが引っ張られて倒れた。

なにかが落ち、ガラスの割れる音。

そのスタンドを僕の方へ振り下ろそうとする。

両手で顔と頭を抱え、僕はそれを防御する。

僕を飛び越えて、キガタが前に飛び出した。

なにをしたのか、見えなかった。

スタンドの先が逸れて、壁に当たった。

ガラスが割れる音。

細かい破片が飛び散って、降り掛かる。

キガタが、脚を伸ばして、ラビーナの胸を蹴り上げる。彼女は後方へよろめき、ソファに躰をぶつけた。しかし、その勢いのまま、後方へ回転し、素早く立ち上がる。

そこへ、キガタが飛び込んでいった。

激しい息遣い。

腕を振り、脚を上げる応酬。

ついには、ラビーナがソファを持ち上げて、ひっくり返す。

壁際にいたキガタへ、ソファが飛ぶ。

人間とは思えない。

化け物のような力だ。

ラビーナは飛びかかり、立ち上がろうとしたキガタの首に両手を突きつける。

壁に背中を付けたまま、キガタが持ち上げられた。

両手でラビーナの手首を摑み、振《ふ》り解《ほど》こうとする。

倒れたソファが邪魔で、脚が蹴り上げられない。

ラビーナの唸る声。

キガタの手が離れた。

力が抜けたようだ。

ラビーナは、キガタを横へ投げ捨てる。

奥の窓際まで、キガタの躰は飛んでいき、絨毯の上に落ちた。

ラビーナがこちらを向いた。

目が普通ではない。視線が彷徨《さまよ》っている。

「ロボットです。ネットと通じていない。対処ができません」デボラが言った。「博士、逃げて下さい」

僕は、両手を床についていた。

近くには、椅子があるだけだ。それを掴んで応戦するべきか。

後ろへ下がろうか。

しかし、ドアは閉まっている。

逃げるには間にあわない。

ラビーナが近づいてきた。

もう駄目だ。

横にドアがある。そこに逃げ込もうと、距離を確かめた。

しかし、素早い動きで、ラビーナが目の前に来る。

「ラビーナさん、どうしたんですか？」僕は話しかけた。

彼女は、首を傾げた。聞いているのだろうか。

「なにか間違えている。人違いでは？」

片手が伸びてきた。僕の喉元だ。

「待って。よく見てほしい」僕は、自分で立ち上がった。

首を摑まれた。

壁に押しつけられる。息ができない。

視界が暗くなった。

もう駄目だ、と思ったが、そこでラビーナの力が緩んだ。

キガタだった。

彼女が、ラビーナの背後に取り付き、首に腕を回している。ラビーナはそれを振り解こうと藻掻《もが》く。

「型式が判明した」デボラの声だ。「弱点は目だ」

僕は大きく息をしていた。

「目？　どうやって？」

リビングの中へ移動し、ラビーナは動き回っている。キガタは振り回されている。

「私の髪の中に拳銃《けんじゅう》がある」

「私？　キガタか？」

そうか、デボラがキガタを動かしているのだ。

壁にぶつけられても、キガタは離れない。

キャビネットにぶつかったときには、扉が開き、ガラスが飛び散った。

二人は絨毯の上に倒れ込んだ。

僕はそちらへ行く。後ろへ回る。

ラビーナは仰向けで、キガタは下敷きになっている。

倒れていた椅子を持ち上げ、僕は、ラビーナの胸にそれをぶつける。まったく変化がない。しかし、キガタが自分の頭へ片手を回し、拳銃を引き出した。

とても小さな拳銃だ。

彼女は、腕を回し、それをラビーナの顔へ向ける。

だが、そこで振り払われた。

拳銃は飛ばされ、キャビネットの下へ。

僕はそれを取りにいった。

ガラスの破片が気になったが、手を差し入れる。

なんとか取り出すことができた。

「安全装置のコードは?」

デボラが八桁《けた》のコードを教えてくれた。それを入力する。

ラビーナは、横転し、窓の方へ。

キガタは、両手で首に取りつき、離れない。

窓を背にして、ラビーナが背中をぶつける。キガタにダメージを与えようとしているのだ。

「先生、早く」デボラの声だ。

そちらへ近づく。

キガタが力を入れたのか、ラビーナが唸り、動きが止まった。

彼女の顔の前に拳銃を向ける。

キガタは頭を横へ避けた。

僕は引き金をひいた。

音はしない。しかし反動はあった。

二人の後方のガラスが割れたようだ。

貫通したのだ。

僕は息を吐いた。

ラビーナは静かになっていた。

目から緑色のオイルが流れ出る。

頬を伝っていく。

膝を折り、そこで止まった。

キガタは、ラビーナから離れ、横に立った。

「大丈夫?」僕は彼女にきいた。

「確認中です」キガタは答えた。否、彼女ではない、答えたのはデボラだ。

8

アネバネが部屋に入ってきた。なにも言わなかったが、表情は微妙に変わった。惨状に驚いたようだ。

キガタは出血しているが、骨折はなく、いずれも大きな傷ではない。首を絞められて失神しただけのようだった。

「銃声が聞こえた?」僕はアネバネにきいた。拳銃をまだ手に握っていた。

「いいえ」アネバネは首を一度だけふる。

消音型のようだ。ガラスが割れたのも、聞こえなかったらしい。下でみんなが集まっているのは、建物の反対側だったからだろう。

「ヘリで警察が到着して、二人のウォーカロンを調べています。救急車も来るそうです。地下室については、ツェリン博士がケルネィ氏に電話をかけて許可を取ろうとしています。まだ、警察には話していません。それよりも、この部屋を見せた方が良いですか?」

ヘリの音には気づかなかった。大いなるファイトのせいだ。

「いや、これも、ケルネィ氏に連絡をつけるのがさきだと思う」

「わかりました。では、そのようにツェリン博士に伝えておきます」アネバネは、一度通路へ出ていき、一分ほどで戻ってきた。

キガタは、そのまえに意識が戻った。彼女はバスルームへ入り、傷口を洗い始めた。顔を顰《しか》めることもなかった。

「下で警官が待っている。事情を説明しなければならない」アネバネがキガタに言った。

「わかりました」彼女は無表情で答える。

つまり、二人のウォーカロンを排除した経緯についてだろう。正当防衛だと証明できる映像を、アネバネもキガタも再生できるはずだ。二階のこの部屋での死闘については、ひとまず黙っていることになる。キガタは後半を覚えていないだろうが、それはデボラが説明しているはずだ。

アネバネがさきに出ていき、またキガタと二人になった。

僕もバスルームで手を洗った。僕は、掠り傷程度で済んだ。

「いったいどういうことなんだ?」鏡を見ながら、僕は独《ひと》り言《ごと》を呟いた。「どうして、彼女がロボットなんだろう。あれは、自律型?」

「いいえ」デボラが答えてくれた。「低い周波数の電磁波でコントロールされていました。古いタイプです。ネットには無関係でした」

「その電波は、今も発信されている？」

「はい。ほぼ同じ状況です。それに、ロボットからも発信されています」

「え？　まだ、あれは生きているのか……」少しぞっとした。バスルームから顔を出して、リビングを覗いてみたが、状況に変化はない。緑のオイルの量が増えている。

「主システムは落ちていますが、ええ、通信は生きています。減衰から推定して、遠方ではありません。さきほども観測されました」

「さきほど？　いつのこと？　どこと通信している？」

「あの地下で発見された部屋かと」

「そうか、ツェリン博士が、あのベッドの女性がラビーナだと言っていた」

「辻褄《つじつま》が合うと思われます」

辻褄が合う？

あちらが本物のラビーナで、こちらは単なる操り人形だった、ということか。

バスルームを出た。キガタが待っていた。通路へ出るドアを開けて、それが閉まらないようにしていた。

「どこか痛いところがあるのでは？」僕は彼女に尋ねた。

「大丈夫です。気を失ってしまい、申し訳ありませんでした」

「それは、君の責任ではない」

もう一度部屋を見回したあと、そこを出た。リビングの窓際では、ラビーナが膝を折った姿勢のままだった。もう、できれば近づきたくない。通路のドアは閉めておくことにした。

「拳銃は？」僕はキガタに尋ねた。

彼女は黙って、頭を指差した。

「どうしてそんなところに？」

「特に理由はありません」

僕とキガタは階段を下りて、食堂へ入っていく。

食堂からテラスへ出たところに、警官が立っていた。アネバネとツェリンもそこで待っていた。

「聞きました。信じられません」ツェリンがこちらへ来て小声で囁いた。「ラビーナは、まだ部屋に？」

「ええ、でも、あれはラビーナさんではない。いえ、その、複雑ですね」僕は囁いた。

「地下にいたのが、ラビーナさんですね？」

「私は、そう思います。でも、ロボットなんですか、本当に？」ツェリンは言った。「どちらかが偽物です」

「上にいる方が偽物です」僕は答えた。「メカニカルなロボットでした。もう少しで殺されるところでしたよ」

「どういうこと？」ツェリンは、そこでようやく、僕の横に立っていたキガタの様子に気がついたみたいだ。「何があったの？　貴女、怪我をしている」

「大したことはありません」キガタが答えた。

アネバネの説明は詳しいものではなかったらしいことがわかった。

「ケルネィ氏にきいて下さい。警察に、話さない方が良いかどうか」

「困ったなあ、ラビーナに判断してもらおうと思っていたのに」ツェリンは言った。「ええ、わかりました。だけど、今はまだ、連絡が取れないの」

警察は、先発隊が到着しているだけ、テラス付近にいる三人だけのようだった。地下室へも行っていないらしい。

「あ、連絡がきました」ツェリンはそう言い、耳に片手を当てて、僕から離れていった。ケルネィからの電話だろうか。

外へ見にいくと、倒れたままの二人のウォーカロンには、救命装置がセットされていた。アネバネが、既に心肺は戻っている、と話してくれた。ヘリで搬送を急がなかったのは、このためらしい。

ツェリンが戻ってくる。

「ケルネィと話しました。地下も、それからラビーナのことも、すべて警察に見てもらうように、と言われましたので、そのようにします」

「そうですか。彼は、何と言っていました。もちろん、どちらも知っていたのですよね?」

「なにも言っていません。でも、知らないはずはないでしょう」ツェリンは顔をしかめ、溜息をついた。「どうしてこんなことになったのかしら。偶然の事故ではありませんね」

「事故でなければ、誰かが仕組んだ、ということですか?」

「わからない」ツェリンは首をふった。

「ケルネィ氏は、戻ってくるのですね?」

「明日には」ツェリンは頷いたあと、唇《くちびる》を一度噛んだ。「大きなスキャンダルになりそうです」

スキャンダルという発想は、これまで僕はしなかった。ケルネィは、それくらい著名な、つまり社会に影響力を持った人物なのだ。なにかを隠そうとしていたことは確かで、それが暴露されることになるという意味だろう。

理想的なはずのものに、亀裂《きれつ》が生じ、崩れていく。そんなイメージなのかもしれない。

ラビーナの部屋では、沢山のガラスが砕《くだ》けて散った。秩序というものは、保たれているうちはクリアだ。それを破壊しようとする力が、どこかから作用している。

第3章　現実値　Practical value

けれども、大指岬でのあの日のあとに、いくつもの出来事があわただしくつづいて、ぼくはこのもうひとつの世界が存在することを、そしてそれがぼくにも、その時その場所で関わりを持っていることを、嫌でも気づかされた。

1

警官たちは、熱心に調査をしなかった。ただ、二人のウォーカロンが突然暴走して、仲間のスタッフに暴力を振るった。たまたま訪問していた日本の公務員が、それを止めた。ウォーカロンたちは病院へ連れていかれ、検査あるいは治療が行われる。場合によっては、メーカへ送り返される。結果としては、それだけのことらしい。

庭園内にあった地下施設へも警官が入った。それは、ウォーカロンが暴れて、どのような被害があったのか、という確認のためだった。女性の二人のウォーカロンが軽い怪我を負っただけで、ほかには大きな被害はなかった。

また、屋敷の二階では、ロボットが暴走し、これも、日本人が止めた。怪我をしたのは、僕とキガタの二人で、いずれも軽傷と判断された。というのも、本人が病院へ連れていかれるのを拒否したからだ。

ウォーカロンとロボットの暴走に関する原因究明は、それぞれのメーカに委ねられる。警察の仕事ではない、ということらしい。因果《いんが》関係を究明しよう、とは誰も考えなかったようだ。面倒なことはしたくない、という素直な精神の表れともいえる。

何者かが意図的に仕掛けたものではないのか、という印象を僕は持ったし、それが自然の発想だろう。しかし、ここは日本ではない。これがこの国の警察のやり方かもしれない。

日が暮れるまえに、警察は引き上げてしまった。屋敷では、ウォーカロンのスタッフたちが静かに後片づけをしている。今日がパーティでなくて良かった、とツェリンが彼らに言葉をかけていた。

地下へは、もう一度入ってみた。ラビーナの部屋にも入り、装置などを調べた。複雑すぎてよくわからないが、ロボットを操縦していたのは、このベッドの上のラビーナだろう、と推定された。電波の発信装置が見つかり、それが、彼女の躰とつながっているようだった。通常のネットワークではないため、デボラには見えないのだ。

ベッドの上の彼女は、まったく反応がない。眠っているようにしか見えない。目を開いているときもあれば、瞑《つぶ》っているときもある。でも、脳波などに変化はないという。

地下にいたウォーカロンのメモリィを、デボラが大まかに参照したところによれば、彼らは技術的な知識を持っていないことがわかった。四人の女性ウォーカロンが、常時ここで暮らしていて、男性のウォーカロンは交替でここへ来て、サポート的な作業に携わっていたらしい。

女性の内の二人は看護師で、彼女たちが、ベッドのラビーナの世話をしているが、医療的な処置はできない。主治医は月に一度訪れ、検査をし、薬を処方するので、その指示に従っていただけだった。ラビーナは、外界とのコミュニケーションが取れない。したがって、看護師たちは、彼女のことをなにも知らなかった。

あと二人の女性が何のためにここにいたのかは、わからなかった。一人は、一歳児の母親らしい。ということは、ケルネィの第八夫人だろう。もう一人は、そのサポート的な役割のようでもある。しかし、二人の間には主従関係はなく、ほぼ同じ権限を持っていると観察できた。子供を二人で育てている、とさえ彼女たちは語った。この二人は、ほとんど外に出ることがなく、近くにいるラビーナの部屋にも入らない、と答えた。

「病気の人がいることは知っています」と言っただけだ。

また、ケルネィがここに来ることは？　と尋ねても、ケルネィという名前が通じなかった。そこで、キガタがケルネィの映像をモニタで見せたところ、

「はい、この方はときどきいらっしゃいます。お医者様だと思います」と言うのだ。

これについては、二人の看護師も同様だった。ここの環境についても、特になにも考えていないようだ。ウォーカロンは、ここまで柔順なものか、と僕は少々驚いた。

彼女たちに、いつからここで暮らしているのか、と僕は尋ねた。四人は、お互いに顔を見合わせたあと、わからない、と答える。何年かになる、とも言わなかった。時間が流れることに興味を持っていない。どこにも、カレンダがない。試しにきいてみたが、今が何月かも知らなかった。

地下から外へ出て、夕方の庭園をキガタと二人で歩いた。アネバネも近くにいるはずだが、もう姿が見えない。赤い空が綺麗で、それまで認識していた方角と少しずれていることに気づいた。

僕も、ときどき今日が何日か思い出せないことがある。何日も、ニュースを見ないことだってある。地下で生活していれば、季節も気にならなくなる。人間というものは、しだいにそんな平坦《へいたん》な存在になっていくのかな、とぼんやりと感じた。もし、それが平和という概念に近いものだとしたら、どう受け止めたら良いだろうか。

「好奇心というものがないみたいだった」僕は、キガタに言った。もちろん、地下にいた四人の女性たちのことだ。

「よくわかりませんが、そういう仕様なのではないでしょうか」キガタが言った。

「君はどう思う？　あんな場所にずっといられる？　外に出たいと思わない？」

「思うかもしれませんが、出るなと命令されれば、そのとおりにします」

「そういうときに、ストレスを感じない？」

「わかりません」キガタが首をふった。「ストレスというものは、意味は知っていますが、それを自分で感じたことはありません」

「そうなんだ」僕は頷く。「自分の思うようにならない状況ばかりで、苛《いら》つくようなことは？」

「それも、現象は理解しています。でも、経験したことはありません」

「落ち着いているわけだ」

「攻撃的ではない、あるいは、社交的ではない、という意味ですね？」

「いや、ちょっと違うね」

「穏やかだ、という意味ですか？」

「うーん、それも違う。冷静な、が近いかな」

「冷静というのも、経験したことがありません」

「いや、君は冷静だよ。クールだ」

「それは、喜んでも良い形容でしょうか？」

「まあね。いや……、そうでもないかな」僕は微笑んだ。「一概に言えない」

「では、皮肉ですか？」

「それは違う。そういうときもあるけれど、今はその意味ではない」僕は空を見上げて、深呼吸をしたあと、キガタを見た。「それよりも、今みたいにきちんと会話ができるという点が素晴らしい。普通は、そうはならない。途中でやめてしまう。人間はそこまでクールじゃないからね」

「諦《あきら》めないと、しつこいと言われませんか？　執拗《しつよう》の意味です」

「しつこいね……、うん、懐かしい言葉だ。いや、私は気にならない。しつこくても良いと思う」

「わかりました」キガタは頷いた。「あの、先生。あのとき、私は判断ミスをしました。最初から銃を使うべきでした。デボラはそう指示したのです」

ラビーナのロボットと戦ったときのことだ。デボラは、早い段階で演算したのだろう。

「へえ……。独自の判断で動いたわけだね？」

「そうです。そのレポートをのちほど提出します。私は、相手はロボットではなく、ウォーカロンだろうと判断していました。あのような旧型のメカニカルタイプだとは考えず、そのデータを優先していませんでした」

「そういうこともあるよ」

「それは、どういう意味ですか？」

「え？　ああ、えっとね……、上手くいかないことがあるのが普通だってことかな。特殊ではないと」

「では、今後どうすれば良いでしょうか？　私は、この仕事に向いていませんか？」

「そういうのは、いろいろ試しているうちに、だんだんわかってくることだよ」

「だんだんでは、間に合わない事態になりませんか？」

「まあ、そのときはそのときだ」

「どういう意味でしょうか？」

「そういうこともあるってこと」

「わかりません」キガタは首をふった。

「わからないのは、悪い状態ではない」

屋敷に到着してしまったので、この会話はここで打ち切られた。

2

部屋に戻ると、デボラが話しかけてきた。

「状況について、アミラにデータを送り、意見を求めました」デボラが言った。「今、その話をしてもよろしいですか？」

「もちろん」僕は頷く。「彼女は何て言っている？」

「地下室のベッドにいた女性が、ケルネィ氏の長女ラビーナさんにまちがいないようです。過去に彼女を診察した医師のデータを確認しました。二十歳頃に発病しています」

「どうして治療を受けなかった？」

「現代の医療技術でも治療ができないエリアがあります。肉体的な疾患ではなく、脳神経に関連する複数の病因で、遺伝子的な異常といえます。生き続けることは可能ですが、正常な活動には障害となります」

「それで、ロボットを動かしていたわけ？」

「前世紀のテクノロジィですが、そうだと思います。現在であれば、ウォーカロンのボディを使う技術があります。ただ、それでも、脳細胞を移植するには至っていません」

「だとすると、テルグのときみたいになるのかな？」

「そうです。実際にそのような生活形態の実例があります」

「何故、あんな場所に隠したのだろう？」

「工事の記録を調べたところ、十年ほどまえに施工されたことがわかりました。それまでは、別の場所か、あるいはこの屋敷のどこかにいたと思われます」

「新しいウォーカロンの奥さんも、あそこにいた彼女たちも、みんな、そのあと来たわけだ」

「そうです」

「昨日みたいなパーティもあるわけだし、人目につかないところに置いておきたかった、ということだろうか」

「違法ではありません」

「それはそうだ。悪いことでもない。でも、あそこに入れられた人はどうかな」

「本人が望んだのかもしれません」

「えっと、ラビーナがってこと?」

「そうです。その確率が最も高い、とアミラが分析しています」

「そんなことまでシミュレーションをしたんだ」僕は溜息をついた。「それで、核心の疑問については、アミラは何て言っている?」

「ウォーカロンの暴走については、世間で頻発している事例と同傾向である可能性が六十パーセント、あとは、人為的な原因です。しかし、ラビーナさんのロボットについては、暴走の確率は極めて低く、あのような事態になるのは、人為的な可能性しか考えられません。システムが暴走した場合にも危険な行動を抑制する安全装置が組み込まれているからです」

「そう、それが工学の基本だ」

「以上を考慮すると、偶発的な暴走の確率は五十パーセント以下になるようです」

「つまり、ウォーカロンとロボットの両者の暴走は、関連しているということかな?」

「はい」

「しかも、人為的な原因だと？」

「その可能性が高いといえます」

「ということは、誰かが、ウォーカロンに命じた、そして、あのロボットについてもコントロールした、と」

「そうです。前者は、命令するだけです。しかし、命令の内容は非常識なものですから、ウォーカロンがそのとおり実行したのは、命令者が彼らにとって絶対的な立場にあったと推察されます。これにより、命令者は非常に限られた人物です」

「彼らの主《あるじ》だったわけだ」

「それに近い人物だということです。たとえば、ウォーカロンのリーダが命令者であった場合は、そのさらに上の人間、ウォーカロンのユーザへ確認を取りにいく案件でしょう。通常はそのように規定されています。もちろん、特殊なウォーカロンであった可能性もあるため、断言はできません。また、ロボットの遠隔操縦を乗っ取る行為は、技術的には難しくありません。より強力な電波によって支配することが可能です」

「あのとき、より強い電波が確認できた？」

「残念ながら、その測定記録は残っていません。それを確認する余裕もありませんでした」

トランスファにも、余裕というものが必要なのか、と僕は感心した。キガタを操って戦っている最中だったのだから無理もない。

「それで、そういったことが実行できるのは、具体的に誰かな?」僕はきいた。もちろん、自分でもとうに結論に行き着いていたので、確認をしようと思っただけだ。

「最も確率が高いのは、ケルネィ氏です」デボラは答える。

「その次は?」僕は質問を続ける。

「ケルネィ氏の息子、あるいは夫人です」

「え? ちょっと待って、それは誰? 名前で言ってほしい」

「息子の名は、ラジャン、夫人の名は、ツェリンです」

「まさか……」僕は首をふっていた。「それはないよ。ほかにもっといるんじゃない? 夫人は、何人もいるんだ。それに、ほら、あの背の高い老人とか。彼はここのスタッフのリーダみたいだし」

「彼は、ウォーカロンです。主人から権限を与えられているので、他のウォーカロンに指令を出すことができますが、さきほど説明した理由で、彼は候補から除外されます」

「えっとね、ツェリン博士や彼女の息子が、こんな騒動を起こす理由は? つまり、動機は何?」

「ラビーナさんは、ケルネィ氏の第一後継者です。ロボットであることを暴露し、スキャンダルになれば、第二後継者である、ラジャンの利益になります」

「でも、そのまえに沢山の夫人がいる。第一夫人は？　ラビーナの母親の」

「亡くなっています。焼身自殺でした」

「ああ、そうか。あれ？　暗殺って聞いたような気がするけれど」

「娘の病気が原因ではないかと憶測されました。これは、カルテのデータで、二十年以上まえのことです。事故と報道されましたし、暗殺の噂も広まりました」

「第二夫人は？」

「その方は、既に資本の一部を譲渡されて、それ以外の相続を放棄する契約をしました。建設関係の会社のトップです。同じように、第四、第五、第六、第七夫人も、大きな会社ではありませんが、事業を任され、同様の契約にサインをしています」

「残っているのは……」

「第三夫人と第八夫人の二人です。ツェリン博士は、ケルネィ氏から一切資産を譲渡されていません。契約の記録も公開されていません。彼女の息子も同様です。これは、第八夫人とあの幼児にもいえます。後者の二人は、国民登録もされていませんので、まずは、その登録をしないと、資産譲渡も、万が一のときの遺産相続もできません」

「そうか、それで疑っているわけか」

「私は疑っているわけではありません。あくまでも、確率を試算しただけです」

「ケルネィ氏は、ここにいなかった。その点についてはどう?」

「影響はありません。どこにいても確率は変わりません」

「そういうもの? うーん、近くにいた方がいろいろ対処ができる、と考えないかな。ああ、そうか、遠くにいた方が疑われにくい、と考えたかもしれないね」

「それでしたら、ツェリン博士をこちらへ呼び寄せ、そのタイミングで実行した、と考えることができます。彼女に警察の目が向くでしょう。人間の目は、近くにいる人物に向く傾向があります」

3

デボラが語ったとおり、警察はツェリンから事情を聞くため、彼女に同行を求めた。すぐに戻ってくるような雰囲気だったが、夕方になっても、彼女は帰ってこなかった。アネバネかキガタが事情聴取されるのならわかるが、ツェリンがどうして、と僕は思った。しかし、デボラの仮説を聞くと、警察はそういった方面から考えていることが理解できた。しかし、それならば、もう少し詳しく現場を捜査するべきなのではないか。その点が、いかにもちぐはぐだと感じられる。

「ちぐはぐって言葉、知っている?」僕はキガタにきいた。

「いいえ。調べます」彼女は答えた。

ウグイなら知っているのにな、と僕は思った。

ケルネィ、ラビーナ、ツェリンがいなくなり、屋敷は静かになった。昨夜のパーティとは対照的だ。広い食堂で、僕たち三人だけで夕食となった。

キガタは、食事まえに庭へ出ていき、あの地下室への入口を見てきたようだ。既に、それはなかったという。地面の中に格納されたのだ。ただ、場所が特定されたため、地面の僅かなギャップは見つかった、と話した。キガタは、膝と肘にシールを貼《は》っているだけで、ほかには傷跡はない。脚に内出血があると彼女は言ったが、僕はそこは見ていない。

料理は、豪華なもので、東洋風ではなく、完全に洋風だった。ナイフとフォークでこれを食べた。二人ともしゃべらないので、ナイフが食器に当たる音がやけに気になった。

「明日、日本に戻りますか?」アネバネがきいてきた。これは、彼が思いついたのではなく、おそらく本局から問合せがあったものと思われる。

「ケルネィ氏が明日帰ってくる」僕は言った。「彼に会ってからの方が良いと思う」

「既に、任務はほぼ果たせたと考えられますが」アネバネは言った。

「ウグイみたいなことを言うね」僕は微笑んだ。

ウォーカロンを確認することができた。失踪しているうち数体がここにいることがわかったのだ。何人だったか、と数えようとしたが、途中で面倒になった。

「ウォーカロンを購入した経緯を聞かなくても良いかな?」

「それは指示されていません」アネバネは無表情だ。「違法であったとしても、日本の法で裁くことはできません」

「証拠が固まったら、こちらの警察にデータを提出して、こちらの判断で処理をしてもらう、ということだね?」

「はい」アネバネは頷いた。

「ツェリン博士にも相談したい」僕は言った。「あと……、彼女には、僕たちが必要かもしれない」

アネバネは無言で頷いた。僕の個人的な理由が通ったようだ。

給仕をしてくれたのは、長身の老人で、昨日と変わりない。あの地下の施設を知っていたか、と尋ねたら、ここにいる全員が知っております、と答えた。そこにいる病人やウォーカロンについてもききたかったが、彼はさっとテーブルを離れ、厨房の方へ消えてしまった。男性のウォーカロンが交替であそこへ行っていたのだから、知らないはずはない。

食べながら、ランチのときのシーンを思い出して、僕はふと発想した。

「あのとき、二人のウォーカロンは、もしかして、ラビーナさんを襲おうとしたんじゃないかな」僕は考えながら話す。「まるで、私たちに向かってきたみたいだったけれど、すぐ後ろにラビーナさんがいた。あの騒ぎのとき、彼女は逃げたのかな？　見ていた？」

「直後ではありませんが、建物の中へ入るところを見ました」アネバネが答える。「でも、不自然ではなく、暴力的な騒ぎから離れようとした行動に見えました」

「あのあと、自分の部屋へ逃げ込んだんだ。僕が行ったとき、なんかもうおかしかった。普通じゃなかった」

「はい」キガタが頷いた。

「もし、僕たちを襲うことが目的なら、あそこではなくて、テラスにいるときにできたんじゃないかな」

「大勢に見られたくなかったのでは」アネバネが言う。

「あの、地下のベッドにいるラビーナさんが、ロボットをコントロールしていたのですよね」キガタが発言した。「地下から飛び出してきたウォーカロンたちが、そのロボットを襲うというのは、よくわかりません。病室のラビーナさんを襲う方が、簡単ではありませんか？」

　彼女の指摘は、なかなかの洞察だといえる。僕は、すぐには反応できなかった。そのとおりなのだ。僕も、ラビーナ自身が、ウォーカロンに命じたのではないか、と考えていたからだ。

　ラビーナは、地下室にいた者のうち、ウォーカロンたちに命じることができる唯一の人間だった。自分が操縦するロボットを襲えと命じたのが彼女だとしたら、それはどういうことになるだろうか？

自殺のようなもの？

ロボットであることを、晒《さら》したかったのではないか。それは、つまり、ベッドから起き上がれない自分を確認してほしい、ということになる。現に、そのとおりになった。しかし……。

「矛盾があるかな……」僕は呟いた。「そういった破壊衝動が彼女にあったのかもしれない。でも、ロボットの方は違う。すべてが晒されたあとだった、僕とキガタが二階へ行ったのは」

「ウォーカロンの暴走を装ったのではないでしょうか」キガタが言った。彼女はびっくりした顔で目を見開いた。口に手を当てる。

「デボラが言ったの？」僕はきいた。

キガタが素早く小さく頷いた。

「紛らわしいね」僕は微笑んだ。「もっと、区別がつくように、なにか工夫をしてもらいたいな」

「申し訳ありません」デボラが答える。「いきなりでは、驚かれると思ったので」

これは声だけのデボラだった。この場合は、デボラの声だから、違いがわかる。この声はカンマパの声に非常に似ている。キガタにも、アネバネにも聞こえたようだった。二人の僅かな反応でそれがわかった。

ウォーカロンの暴走を装った。つまり、ラビーナがウォーカロンだと誤認させたかった。もしキガタが普通の少女だったら、僕とキガタは、ラビーナに首を絞められ、気を失っていただろう。ラビーナがロボットだという真実を暴露されることもなかった。

「そうか、そのために、二人のウォーカロンに暴走を指示したんだ」僕は頷いた。「この仮説が成立する確率は?」

「二十五パーセントです」デボラは答えた。

「え、そんなに低いの?」

「低くはありません。有力な仮説の一つだと思われます」デボラが言った。

4

ツェリンが戻ってきたのは、午後九時を過ぎた頃だった。通路に出ていたキガタが、コミュータが屋敷に近づいてきたのを見つけ、デボラがツェリンだと教えてくれた。僕には、目となり耳となる仲間がいて、頼もしいかぎりである。

やがて、ドアがノックされた。ツェリンは、真っ直ぐ僕のところへ来たみたいだ。食事は済ませている、今日はアルコールは飲みません、と冗談を言った。しかし、部屋は狭いし、座るところも不足するので、キガタとアネバネを誘い、四人で食堂へ下りた。出てきたスタッフに、温かいお茶を要望した。

「どんな具合でした？」僕は、ツェリンに尋ねた。

「あまり、感じは良くありませんでした」ツェリンは溜息をついた。「でも、正直に話したから、わかってもらえたんじゃないかしら。私は、この国に住んでいるわけではないし、最近では、ケルネィと会うことも滅多にない。利害関係は薄いということを理解してもらいたかった」

「やはり、誰かが意図的にウォーカロンを操った、と警察は疑っているのですか？」

「そうみたい。トランスファのニュースが流れているから、ついにこの国にもって話していました」

「ああ、なるほど。しかし、トランスファが原因ではありません」

「断言できますか？」ツェリンは身を乗り出した。

「できると思います」

「でしたら、それを警察に証言して下さい、ハギリ博士」

「いえ、それがですね、ちょっと難しい……」

「どうしてですか？」

「トランスファではないと証明できるのが、トランスファだからです」

「え?」ツェリンは眉を寄せた。しかし、数秒で理解したようだ。「ああ、そうなの。じゃあ、ここにいるのですね? 日本のトランスファが」

「まあ、そんなところです」

「私に紹介して下さい」

「ツェリン博士は、チップを入れていませんよね」僕は、自分の頭に人差し指を当てた。

「それでは駄目です。コンタクトできません」

「なんだ……」彼女は失望の表情である。「残念だわ」

「アミラが、ここの捜査を始めたようですから、じきに真相が明らかになるでしょう」

お茶が運ばれてきて、テーブルにカップが並び、順番に注ぎ入れられた。ジャスミンの香りのようだ。僕は、今にもデボラがしゃべりだすのではないか、と思っていたが、キガタは黙っているし、僕にもデボラは囁かなかった。彼女は、奥床《おくゆか》しいところがある。

ツェリンは、ラビーナがロボットだったことを、アネバネから聞いている。しかし、警察ではその話は出なかったらしい。僕は、詳しい話をツェリンにした。彼女は、あとでラビーナの部屋を見たい、と言った。

「僕はあまり見たくないですね」

「そう、どうして?」

「気持ちの良いものではない」

「私は、大丈夫」ツェリンは微笑んだ。彼女は、人体解剖もする。壊れたロボットなどで気持ち悪くはならないのだろう。

「地下にいたラビーナさんが、ロボットをコントロールしていた可能性があります。そういった装置がありました」

「本当に?」ツェリンは目を丸くする。「それができるなんて、驚き。でも、何のためにそんなことを?」

「わかりません。ラビーナさんとは話せないのでしょうか?」

「わからない。主治医の先生にきいてみましょうか?」

「いえ、これ以上立ち入らない方が良いかもしれません。明日にはケルネィ氏が戻ってきますし」

「これは内緒なんですけれど……」ツェリンは、僕の方へ少しだけ顔を近づけた。「実は、彼……、今度世界政府の委員に立候補するつもりなの。私も、昨夜聞いたばかり」ツェリンは、アネバネとキガタを見た。「これは、オフレコでお願いします」

アネバネとキガタは無言で頷いた。僕はその言葉の意味が、今一つ理解できなかった。世界政府の委員というのが、どの程度のポストなのかわからなかったからだ。

「それは、この国を代表して、ということですか?」

「そうです。つまり、まずは、国内で選挙があります」ツェリンは答えた。「日本もそうじゃない？」

「いや、どうかな、聞いたことがないですね」僕はキガタを見た。

「日本では、政府が指名します。選挙ではありません。外務次官と同等のポストです」キガタが説明する。

「優秀ね、貴女」ツェリンが微笑んだ。「ここでは、もう少し偉いかも。外務大臣補佐クラスでしょうね」

「だとしたら、今回のことは、スキャンダルになりますね」僕は言う。

「ええ、でも、ウォーカロンの暴走だと警察では話しておきました。そういう例は、チベットでも日本でも、世界各国で発生していると」

「ラビーナさんの病気は、隠しておくことになるのですね？」

「私が判断することではありません。彼が決めることです。でも、時期が時期だから、できれば大袈裟《おおげさ》にしたくないと考えているでしょう。わかりませんけれど、そうじゃないかと想像します」

「逆に、大袈裟にしたい人物がいた、とも考えられます」僕は言った。

お茶を飲んだあと、二階のラビーナの部屋を見にいくことにした。この部屋は、室内を片づけないように、とウォーカロンのリーダの老人に伝えてある。ケルネィに実情を見てもらえるように、という意図だった。

ドアの鍵は開いていた。

照明が灯った。

「気をつけて」僕は言った。ガラスの破片が散らばっているからだ。

通路を進み、リビングが明るくなると、大惨事の全貌《ぜんぼう》が見えた。ラビーナは、あのときのままだ。動かない。緑のオイルは、流れきってしまったのか、今は目立たない。

ツェリンは、ロボットへ近づき、その前で膝を折った。手を伸ばし、その頰に触れ、髪を撫《な》でた。僕は、ツェリンが泣いていると思った。後ろ姿から想像しただけだ。しかし、立ち上がってこちらを向いた彼女は、憮然とした面持ちではあっても、涙は流していなかった。

「ラビーナではなかったのね」ツェリンは溜息をついた。「今思うと、最初から違和感がありました。私が知っている彼女ではないように思ったの。二十年近く、カナダや日本にいる間は会えなかった。久し振りに会って、成長した彼女を見たとき、そう思ったんです。今でも覚えているわ」

「地下室の彼女の方は？」

「あちらは、ラビーナだって、すぐわかった」ツェリンは言った。「でも、最高の驚きがロボットで、最低の驚きがベッドの彼女だった」

だから、むこうでは涙が流れたのか、と僕は思った。

ツェリンは、部屋を見回して、首を振りながら、幾度か息を吐いた。

僕たちは通路に出た。広い中廊下をゆっくりと歩く。自分たちの部屋まで十数メートルだから、なるべく時間をかけようと思ったのかもしれない。

「酷いですね」ツェリンは囁いた。「なにか間違っています」

「何のことですか？」

「ラビーナのロボットのこと。あんなことをしなくても、彼女は立派に生きているのに」

それに答えるまえに、部屋の前に到着し、僕たちは別れた。

5

僕はシャワーを浴びた。キガタとアネバネは自分たちの部屋に入った。僕は、バスローブを着て、窓際の椅子に腰掛けた。髪がまだ濡《ぬ》れているので、タオルを被っていた。バスルームが暑かったから、出てきてしまったのだ。

ツェリンの言葉をずっと考えていた。

「立派に生きていると彼女は言った」僕は呟いた。「どういう意味だろうか？」

「感情的な発言だと思われます」デボラが応える。

「生きることに、立派な場合と、立派でない場合があるかな」

「わかりません。個人的な印象ではないでしょうか」

「病気だと立派でない、というわけでもない。そんなことを言ったら、新しい細胞を取り入れて無理に健康を維持するなんて、とても立派とは思えないという意見だってあるだろうね」

「先生は、どう思われますか？」デボラがきいた。

「あまり、考えたことがないテーマだね。あんな病人を見る機会も少ない。話ができないのは、ちょっと困った状況だとは思うよ。でも、ロボットを動かせるのだから、やっぱりそれは、立派に生きている証拠じゃないかな。平均的な人間の生き方ではないかもしれないけれど、人工的な技術に支えられている点ではまったく同じだ」

「私もそう思います」

「あのロボットが壊れてしまっても、修理をするか、また新しいロボットを買ってくれれば良いだけだ。簡単にやり直せる。きっと、ラビーナ自身もそう考えているんじゃないかな」

「それは、どうでしょうか」

「反論？　どう考えていると思う？」

「もし、ラビーナさんの自傷行為だったとしたら、ロボットのコントロールなどもうしたくない、と考えるかもしれません」

「そうか……。意思疎通ができると良いね。オンラインにすれば良いのに。そうすれば、この屋敷だけではなく、世界中の人たちと話ができるし、いつでもどこへでも行けるのに」

「それを望まなかったから、あのような閉鎖的なコントロール形態を選んだのではないでしょうか?」

「誰が望まなかったの?」

「ケルネィ氏ではと推定します」

「それは、ありそうだね。確率は?」

「詳しく分析できていませんが、概算で六十パーセント」

「これ以上、事件に深入りしない方が良い、というのが本局の意見だろうね」

「そうです」デボラは答えた。「ケルネィ氏に事情を問い質す立場ではないとの判断からです。失踪したウォーカロンに関する新たな情報は得られました。任務的にはほぼ達成されていると思われます」

「アネバネがそう言った。うーん」僕は目を瞑って、顔を上に向ける。「これ以上ここにいる理由はないんだよなぁ」

「ツェリン博士を心配されているのですね?」

「そう……」僕は頷いた。「彼女が帰るというなら、私たちも引き上げよう」

「それは、おそらくないと予想されます」

「え、どうして？」

「これは、黙っていてほしいのですが、ツェリン博士は、カナダにメールを送りました。息子のラジャン氏にです。この事件について、詳細を知らせています」

「だから？」

「ラジャン氏が、こちらへ来ることになりそうです。これは、アミラが教えてくれました」

「なるほど……」

翌日は、何事もなく時間が過ぎた。警察は来なかった。僕たち三人は、また庭園の散策に出かけた。ただ、カートではなく、歩いてだ。屋敷の裏側ではなく、正面側だったので、あの地下室がどうなっているのかはわからない。詮索《せんさく》しない方が良いだろう、という配慮もあった。

表側から屋敷を見ると、二階に割れたガラス窓が見つかる。ラビーナの部屋だ。室内までは見えなかった。

表の庭園の方がずっと広い。まず、屋敷前のロータリィから真っ直ぐにゲートまで道路が延びている。このため、庭園は左右に二分されていた。一方には乗馬ができるスペースがあったが、馬の姿はなかった。小屋が一つだけ建っていたものの、窓もなく、その中にいるとは思えない。もう一方には、ゴルフのコースらしい滑《なめ》らかな緑の地表が見えた。庭園の全域を歩いて回るには体力が必要だろう。途中で二度休憩をした。普段、こんなに歩くことはまずない。

屋敷に戻っても、ツェリンは見かけなかった。自室で仕事をしているのだろうと想像した。僕たちは二階へ上がらず、食堂前のテラスで休んでいた。

ランチの時間になり、ツェリンが現れた。そのまま、彼女と一緒に食事をしたが、このとき、あと二時間ほどでケルネィが到着する、という知らせが届いた。コーヒーを淹れてくれたスタッフが教えてくれたのだが、そのまえに、僕はデボラからそれを聞いていた。その飛行機にラジャンも同乗しているのだ。僕はなにも知らない振りをしなければならなかったので、たぶん、言葉が少なくなっていただろう。

午後もまた散歩をした。このときに、アネバネは今日のうちにここを発《た》ちましょう、と提案した。そんな意見を彼が持っているとは思えない。本局からの指令なのだ。もしかしたら、上司のウグイが指示したのかもしれない。僕は、素直に「そうだね」と答えた。

そろそろ、帰ってからの研究について、僕の頭が切り替わっていた。ケルネィ家の事情、あるいは事件の顚末《てんまつ》を知る必要などないのだ。自分にそう言い聞かせているのがわかった。

抱えている研究上の課題を思い浮かべ、明日はどんな作業をしようか、何を確認しようか、どんな入力で数値演算をさせようか、助手のマナミにどう指示しようか……。思いつくことがあったら、今のうちにメッセージを送り、仕事を進めてもらうことも可能だ。彼女もそれを待っているのではないか、と想像した。

しかし、その内容を集中的に考えることはできなかった。気がつくと、地下室で会ったラビーナの姿を思い浮かべていた。ロボットは、何をしようとしたのか。ウォーカロンの暴走は偶然だったのだろうか。

もし、そうでなければ、これらを仕掛けた人物は誰なのか？

自室で端末を操作しているうちに、うたた寝をしてしまったが、物音で目が覚めた。どこからか、エンジン音が聞こえてきた。

「ケルネィ氏のジェット機かな？」僕は呟いた。

「そうです」デボラが答える。

ドアのノックのあと、キガタが現れた。服装が替わっている。手足が露出しないスーツだ。怪我を隠したかったのかもしれない。

僕は椅子から立ち上がり、窓の外を見た。ジェット機は既に着陸していた。僕は、部屋から出る。黙ってキガタがついてきた。

6

庭へ出ていくと、ツェリンが先を歩いていた。ジェット機はまだアイドリングしているようだったが、着陸場所からケルネィともう一人若者が坂を下ってくるのが見えた。その後ろにも、男性の姿が見える。同伴したウォーカロンだろうか。

ツェリンは、若者を抱き締めてから、ケルネィにも同じように挨拶をした。もう少し距離を取った方が良かったかな、と少し後悔したが、彼らはファミリィなのだから、ごく普通の光景なのかもしれない、と思い直した。

三人は、こちらへやってきた。

「とんだご迷惑をおかけしたようです」ケルネィが言った。「キガタさん、怪我はいかがですか？　本当に申し訳ありません」ケルネィは、キガタの前で膝をつき、両手を合わせ、頭を下げた。

「いえ、大したことはありません」キガタは答える。「ハギリ先生の方が……」

「いや、私は大丈夫。明日くらいに、どこか筋肉痛になっているかもしれませんけれどね」

「そういった後遺症も含めて、治療費を支払わせていただきます。予想もしなかったことです。私も驚いております」

ツェリンは、若者を僕の前に連れてきた。

「息子のラジャンです」彼女は言う。

「ハギリ博士、お会いできて光栄です」ラジャンは、片手を差し出す。僕はそれを握った。ツェリンによく似ている。目も鼻もそっくりだ。長身で肌の色はケルネィに近いが、目の色はツェリンである。

建物へ戻り、室内に入った。広間の応接セットへ行き、そこで向かい合ってソファに座った。アネバネは、用事があると言って立ち去ったが、周辺の調査をしたかったのだろう。キガタが僕の横に座った。対面にツェリンとラジャンが座り、横の肘掛け椅子にケルネィが腰掛けた。用意してあったのか、飲みものをスタッフが運んできて、手際良くテーブルに並べた。小さな三色の菓子がのった皿も添えられた。

「何があったのか、事情はだいたい聞きました。本当にお見苦しいところをお見せしてしまいました。ラビーナのことは、彼女本人の希望でああしていたのです。あのように不憫《ふびん》な子でして、私はできるかぎりのことをしているつもりですが、客観的に見て、不自然だったかもしれません。その点は反省しております。ウォーカロンとロボットが、人に危害を加えるような真似《まね》をした点については、これから詳しく調べたいと思います。既に、技術者を呼んでおります。なにか、システム的なエラーではないかと思われますが……」

「同じ原因だということでしょうか？　ウォーカロン二人とロボットが」

「そうだと考えています。同時に発生したわけですから」

「人為的なものだとは思われませんか？」

「誰がそんなことをしますか？」

「お心当たりは？」僕はきき返した。

「ありえませんね」ケルネィは首をふった。自信ありげな眼差しだった。「脅しがあったとか、身代金を請求されたとか、そういったトラブルはありません。ビジネスのライバルは大勢いますが、こんなことをするとは思えません。まったく馬鹿《ばか》げています」

「なにか兆候のようなものはありませんでしたか？　以前に、同様のトラブルは？」

「いいえ、こんなことは初めてです。ああ、ラビーナのロボットがハングアップしたことは一度ありました。リセットしたら、直りましたが。あれは、かなり旧型のシステムです。というよりも、メーカの製品ではなく、個人の技術者が作った、いわば特注品なのですが、もう技術者が廃業してしまい、メンテナンスができない状態でした。別のものに交換しなければならないと考えておりました。骨格がカーボン・ファイバです。よくあれを止めましたね」ケルネィはそう言うと、キガタを見た。

「銃を持っていましたので」キガタは答えた。実は、銃を使ったのは僕だ。しかし、キガタは自分が撃ったことにするつもりのようだ。これはデボラがそう指導したらしい。その方が、事後処理が簡単だという説明を僕は受けた。

「銃をお持ちだったことは、不幸中の幸いでした。危険な目に遭わせてしまったこと、重ねてお詫びします。のちほど、慰謝料についても、具体的なお話をさせていただきます。もちろん、金で解決できるとは考えておりませんが、とにかく、できるかぎりのことをさせていただくつもりです」

「失礼な質問かもしれませんが、ラビーナさんと話はできませんか?」僕は尋ねた。

「それは……、私にはなんとも……」ケルネィは眉を寄せた。「機会があれば、きいてみましょう」

「どのようにして会話をするのですか?」僕は続けてきいた。

「はい。それは、彼女の方からアプローチがあった場合に限られます」ケルネィはそこで溜息をついた。「私は、娘にしてやれることはなんでもしました。彼女が欲しいというものはすべて与えた。親として、当然のことだと考えたからです。しかし、そのことで、彼女が心を開くことはついぞなかった。例外は、ツェリンが彼女の教師として来たときだけでした」

「私の前では、ラビーナはとても素直な頭の良い子でした」ツェリンが言った。「頭脳明《めい》晰《せき》で、私が教えるようなことは、ほとんどないと言っても良いくらいでした。ただ、同性の話し相手が欲しかったのではないかしら」

「あの頃のラビーナが、今思うと一番状態が良かった」ケルネィは言った。「しかし、基本的に、彼女はそうではない。ツェリンに見せていた顔は、彼女のほんの一面で、良い子に装っている、演じているだけでした。これは、ラビーナのロボットでもわかると思います。彼女にはそれができる。人形で遊ぶように、礼儀正しい淑女が演じられるのです。しかし、残念なことに、本当はそうではありません」

「本当は、どうなのですか?」

「私に反発しているのかもしれないし、あるいは、自分自身に対する極度の不満がそうさせるのかわかりませんが、演じない状態の、素直なラビーナとは、コミュニケーションは取れません。彼女の本当の姿を知っている人間とは口をききません。私はもう何年も、彼女と本当の会話、父と娘として語り合ったことはないのです。彼女が操っている人形と、架空の舞台で演技をするだけです。意味のない台詞《せりふ》を言い合うだけです。この苦しみは、たぶん、ご理解いただけないものと思います」

「そうだったの……」ツェリンが目を潤《うる》ませて呟いた。「では、あそこを見てしまった私とは、もう口をきいてもらえないということ?」

「そう、たぶん」ケルネィは頷いた。「ハギリ先生とも話をしないと思います。彼女は目が見えませんが、あのベッドに据え付けられている装置で、ものを見ています。誰が来たかも知っているのです。どんな様子でしたか? 反応しなかったのではありませんか?」

「はい、まったく動きませんでした。眠っているようでした」僕は答えた。「声も聞こえているのですか?」

「はい。しかし、心を閉ざしているというのか、反応しません。担当の医師に対してもまったく同じです」

「しかし、ラビーナさんのロボットは、そんなふうではなかった。社交的で……」

「あれが、彼女の遊びなのです」ケルネィが言う。「一人遊びです。でも、遊びであっても、私には嬉しかった。夢のような……、ええ、本当に、夢を見せてもらっている気分でした」

「あの、今思いついたことで、これも失礼を覚悟で言いますが……」僕は、そこで一呼吸置いた。自分の発想を短い時間吟味する。そんな可能性があるだろうか、と。「もしかして、私たちが、あの地下室に入って、彼女を見つけてしまったこと、そのことで、ラビーナさんを怒らせてしまった、とは考えられませんか?」

「それは、ある程度はあるかもしれません。最近ではありませんが、物を投げつけたり、壊したりするような衝動的な行動を取ることはありました。私は、それをむしろ良い方向へ捉えていたのです、感情を見せてくれたのだと……。しかし、大人になってからは、そういったことはなくなりました。完全に心を閉ざし、籠《こも》ってしまった。彼女の部屋には、誰も入れなくなったのです」

「ハギリ博士がおっしゃっているのは……」ツェリンが発言する。「ラビーナが、自分の姿を見られたことに怒りを覚えて、ロボットにあんな暴力的なことをさせた、という意味ですね？」

「ええ、そうです」僕は頷いた。

「それは、ありえません」ケルネィが首をふった。「小さな癇癪《かんしゃく》は、若い頃にはありましたが、それは状態がまだ良かったからです。他者に関わりを持つことを、彼女は避けているのです。怒るというような反応も、今ではたぶんないと思います。嫌になれば、閉じ籠ってしまうだけです」

「しかし、ロボットを通じてならば、どうでしょう？　彼女にとっては、架空の舞台です。そこでは、破滅的なことをするかもしれません」

「もちろん、完全には否定できませんが、そこは、調べればわかります。ロボットがどのような信号を受けていたか、誰から受けていたか、記録が残っているはずです」ケルネィは言った。

「ラビーナのロボットを製作したのは、私の友人です」ラジャンが言った。これまで黙って話を聞いていた彼が、突然発言したので、皆が彼に注目した。「仕事でお世話になっている人で、既に引退している世界的に有名な技術者です。最近では、彼の技術は完全に過去のものになってしまい、趣味的というか懐古的な興味でしか見られていませんが、彼の技術、彼の作品は、メカニカルなヒューマノイドの到達点とも言われています」

「ええ、私も驚きました。ロボットとは思えなかった。しかも、コントロールされていたなんて、まったく……」

「ほとんどの機能は自律系で、コンパクトなコンピュータを内蔵しています。ただ、まったくネットとはやり取りをしない、閉鎖的なシステムなんです。それゆえに、ロボットだと感知されにくい利点があります。記録はすべて内部に保存されているはずです」

なるほど、デボラが見抜けなかったのは、その理由だったのだ。

「それを操縦する装置も、特殊なものですか？　誰かが簡単に乗っ取るようなことが可能ですか？」

「わかりませんが、難しいとは思います」ラジャンが答える。「普通に手に入る装置では不可能です」

「壊れたロボットを製作者へ送って、詳細に調べてもらいます」ケルネィは言った。

7

ケルネィとラジャンは、ラビーナの部屋へ行くと話していた。ツェリンもつき合うようだ。僕たちは、部屋へ戻った。アネバネが、途中で日本に帰ることを再度提案した。僕は、部屋に入るまで考えた。どうするべきか。

ベッドに腰掛けて端末を見ていたら、ノックがあって、アネバネが入ってきた。キガタは自室である。

「これ以上、ここにいる理由はないと思われます」アネバネが言った。珍しいもの言いである。

「わかっている」僕は答えた。「正直、迷っているんだ」

「ツェリン博士には、ラジャンさんがついているので、大丈夫なのではないでしょうか？」

「そうだね……。でも、少し考えさせて」

アネバネは無言で頷いて、部屋に戻っていった。彼が言っていることは、そのとおりだ、と思う。ここにいる理由はない。

しかし、解決されていない問題はたしかにある。今回の事件を除外しても、失踪したウォーカロンがここに数名いることは事実だ。ケルネィが、その件に関与している証拠はないのかもしれないが、現に子供が一人生まれているのだから、無関係ではない。子供が生まれることを知らなかったと言い切れたとしても、生まれた時点で、公的機関に届け出るべきだったのではないか。現在も、報告はなされていないのだ。

そもそも、あれは誰の子なのか？

ウォーカロンに仕込まれたカプセルから生まれたのなら、ケルネィの子ではない。けれども、認知すれば、彼の子になる。それも、今はされていない状態だ。

「結局、フランスの博覧会から逃走したウォーカロンだったのは、何人いた？」僕はデボラに尋ねた。アネバネに聞いても良かったことだ。これまで、概略の報告を受けても、自分には関係がないこととぼんやり受け止めていた。

「六人です」デボラが答えた。

「どの六人？」

「地下の奥の部屋にいた女性四人、うち二人は看護師、一人は子供の母親、もう一人は彼女の付き添いのように観察されました」

「あとの二人は？」

「暴走した男性ウォーカロンです」

「ああ、あの二人は……、えっと、今は？」

「病院に搬送され、治療を受けています」

「変だなあ、あの二人は、地下室にずっといたのではなかった。交替したところだと話していた」

「そうです。彼らのメモリィにアクセスしたときには、既にシャットダウンしていましたので、確認はできていません。しかし、ほかのウォーカロンの証言から、事実だと確認できます」

「屋敷で、ほかのスタッフたちと一緒に働いていたわけだね?」

「そうです」

「特殊なウォーカロンだったから、暴走したということかな?」

「その可能性は高いと思われます」

「彼らは、人間の女性に子供を産ませることができるのかな?」

「不確定ですが、ペガサスの演算が事実ならば、そうなります」

「そういうことは、本人は知らないもの?」

「わかりません」

「えっと……、ということはさ、あの赤ん坊は、あのウォーカロンの子供だとは限らないってことになるね」

「その演算はしていませんでした。可能性は低いと思われます。屋敷のスタッフは、全員男性です。また、人間の女性はいません。ラビーナさんがロボットだったためです」

「そういえば、女性は見ないね」僕は言う。「あの四人のウォーカロンにもっと話がききたいな。なにか秘密を知っているはずだ」

「秘密と決めつけるのは、問題があると思われます。誰にも、どこにも、外に知られたくない情報はあるものです」

「まあね。絶対に秘密というのはないかもしれない。だけど、すすんで話すことはない、みたいなのはあるね。そういうものが、積もり積もって、秘密になって、だんだん、関係がさ、ぐちゃぐちゃに捩《ね》じれてくるんじゃないかな」

「博士の比喩はオーバではないでしょうか」

ドアのノックの音。返事をすると、隣からキガタが入ってきた。

「先生、お話があります」僕の前に立って言った。職員室に入ってきた生徒のようだ。

「何?」

「日本に帰りましょう」キガタが言う。

帰った方がよろしいと思います、あるいは、いかがでしょうか、という言い方ではない。非常に強い口調に思われた。誰かから強力なプッシュがあったことは明らかだ。

「ウグイがそう言ったんだね?」僕はきいた。

「あの……」キガタは急に下を向いた。「はい、そうです」

「何て言った? 尻を叩《たた》いてでも連れてこいって?」

「いえ、そのようなことは」キガタは首をふった。「でも、とにかくお連れするように、議論をするな、と命じられました」

「議論をするな?」僕は驚いた。「それは、聞き捨てならないな……。そうか、これまで、僕と議論をして言い負かされたと彼女は思っているんだ。うーん、それは、ちょっと心外だな。あのね、議論は、いつどんなときでもすべきなんだよ。わかる？」

「はい」キガタは小さく頷く。

「議論をして、お互いの意見をぶつけ合って、より良い方策を模索する。さっきも、アネバネに帰るように言われたところだよ。もうここに留まる理由がないと彼は言っていた」

「私もそう思います。先生は、そう思われないのですか？」

「たしかに、任務的にはもう意味はない。でも、どうしてこんなことになったのか、知りたいとは思わない？　何故、ここへ問題のウォーカロンたちが来たのか」

「それは、これから、解明されていくのだと思います。私たちがここで考える問題ではありません」

「その問題の解決に、少しでも多くのデータを集めた方が良いと思わない？」

「思いますけれど、その種のデータがあるかどうか、わからないのが実情です」

「そんなのは、なんでもそうだよ」

「なんでもそうではありません。確率の問題です」声が変わった。デボラだ。

「ちょっと待った」思わず片手を広げていた。「デボラは、困る。議論したくない」

「デボラが何といったのですか？」キガタがきいた。彼女には聞こえなかったようだ。つまり、デボラは僕にだけ囁いたのだ。

「いや、なんでもない。ちょっと待ってほしい。考えるから。意見はよくわかった」僕は両手を広げた。

「はい、わかりました」キガタは頷き、くるりと背を向けて、ドアの方へ歩く。戸口でまたこちらを向き、お辞儀をしてから出ていった。

僕は溜息をついた。

「ハギリ博士の方が劣勢です」デボラが言った。「説得力がありません」

「煩《うるさ》いな……」僕は囁いた。

「感情的になっています」

「そのとおりだよ」

8

帰ることになった。

僕が、若者たちに押し切られた格好だ。ケルネィとツェリンとラジャンに挨拶をして、ジェット機に乗った。まだ日が高い時刻だった。飛び立ってすぐ、僕は目を瞑ってしまった。眠ろうと思ったからだ。日本に着くのは未明になる。すぐに仕事をしよう。仕事をして忘れよう、と思った。

期待どおり、僕は眠ることができた。どういうわけか、飛行機に乗ると簡単に眠れるのである。だから、飛行機の環境を再現した棺桶《かんおけ》を作ってもらいたいものだ、と切実に考えている。

夢を見た。

デボラがカンマパの姿で登場し、部屋に入ってきた。どこの部屋なのかはわからない。研究室でもないし、自分の寝室でもない。家具はないし、窓もない。あえて言うなら、テルグの村にありそうなバーチャルの部屋だ。

「アミラが、ハギリ博士にお話があると言ってきました。しかし、アミラは、先生の夢の中には入れません」デボラが言った。「どうしたら良いでしょう?」

「僕が夢から出ていくしかないのでは? 目を覚ませという意味かな?」

「私が、アミラと先生の中継をする方法があります」

「じゃあ、それで」

「ハギリ博士、アミラです」デボラが続けてしゃべっているのだが、声が違う。あの巨大な頭のアミラの声だ。「先生が興味を持たれるだろうデータを入手しましたので、お知らせに参りました」

「どんなデータでしょうか?」僕はカンマパの姿のデボラに向かってアミラに言った。

「ツェリン博士は、どなたかの遺伝子解析をされました。オンラインのシステムを利用されたので、それがわかりました。身分証明をして解析システムを使用されたのです。試料がどなたのものかはわかりませんが、年齢は一歳とデータ入力されています。解析結果は、ケルネィ氏の子孫であることを示しています。さきほど、ツェリン博士は、その結果を受け取り、再検査を申請されました。しかし、結果が覆る確率は〇・二パーセント以下です」

「変だな……」僕は呟いた。「ケルネィ氏の遺伝子が入るとは思えない」

子供の母親は、失踪中のウォーカロンであることがほぼ確認されている。しかし、彼女が産んだ子供は、彼女とも、そしてケルネィとも、まったく血のつながりがないはずだ。

「現状の認識と矛盾しています」アミラが言った。「第一に、ウォーカロンには生殖機能がないので、この検査結果が正しいとすれば、母親はウォーカロンではない、という結論が導かれます。すると、博覧会から逃走したグループの一部は人間だったということになり、また、デボラが彼女の頭脳回路に侵入し、メモリィなどを参照できたのは何故かとの疑問も生じます。人間にそのような頭脳回路を移植することは物理的に可能ですが、前世紀から禁止されており、もちろん違法です。さらに、その場合でも、ナチュラルな細胞を持った人間である必要があります。確率はかなり低くならざるをえません」

「ということは、母親は、生殖が可能なウォーカロンだ、ということ?」

「そう考えるのが妥当だと思われます」

「イシカワで、タナカ博士が開発しようとしていたウォーカロンと同じだ。ほぼ同時期に、フスもそれを開発していた。その子供が産めるウォーカロンを博覧会に出展していたということかな?」

「そうなります。それを裏付けるデータは得られていません。お話しする内容は以上です。では、失礼します」

「あ、はい、どうもありがとう」僕はお辞儀をした。しかし、目の前に立っているカンマパはそのままだった。「帰ったの?」

「はい」デボラの声でカンマパが頷いた。「これ以上議論をしても、単なる憶測になる。可能性の確率を演算するのは無駄だ、とアミラは私に言い残しました」

「へえ……、私には言わなかったよ」

「遠慮したのではないでしょうか?」

「遠慮? ふうん……、まあ、良いけれど……、えっと、なにか言いたかったんだけれど、あ、そうそう、今の話が本当だとすると、ペガサスが言ったことと矛盾する。その点はどうなんだろう。彼が話していた、カプセル式マジックのウォーカロンではない、ということになるね」

「そうなります。結局、複数のタイプのウォーカロンがいた、ということなのではないでしょうか」

「ああ、なるほど、メーカとしても、いろいろ試している最中だったのかな。とにかく、子供が産めるのなら、ウォーカロンでも人間でも貴重な存在だからね」

「人間を売買することはできません」

「そうだ。ウォーカロンは商品だから、値段がつけられる。カプセルで誤魔化すよりも、ずっと高値になるはずだ、本当に子供が産めるのならね。大金持ちにしか買えない値段になるだろう」

「ケルネィ氏は資産家です」

「うん、言いたいことはわかる。それに、彼自身は、自分の子供だと考えているだろう。子供が産めるウォーカロンと信じて買った。そのとおりだったというわけかな」

「ツェリン博士は、ケルネィ氏からそう聞いていたのではないでしょうか。ところが、ツェリン博士は、ケルネィ氏の細胞では子供は生まれないことを知っています。また、ハギリ博士がカプセル式ウォーカロンの話をしたので、心配になって遺伝子の検査をしたのです」

「そうだね。それは、もっともらしいシミュレーションだ。結局、ペガサスが言ったようなタイプもあったかもしれないけれど、全部ではないということか」

「そう考えられます」

「あれ？　なんか、今、ふと頭を過《よぎ》ったことが……、あれ、何かな？」

「私にはわかりません。博士の頭の中を見ることはできません」

「ちょっと、黙ってて」

僕は目を閉じて、静かに息をした。

といっても、これは夢の中なので、もともと目は瞑っているのだし、寝息を立てていただろう。

人間の女性に子供を産ませる、という言葉がひっかかっていたのだ。

デボラがそう言ったのだ。

そうだ、思い出した。

カプセル式のマジックは、女性でも男性でも可能だ、という話だった。そのとき、デボラは、屋敷には女性はいない、と言った。たしかに、四人のウォーカロンしか女性はいない。ラビーナがロボットだったからだ。だが、それは違う。

もう一人いるではないか。

ラビーナ本人だ。

ベッドで寝たままの病人のラビーナだ。

彼女が子供を産んだ可能性がある。あの環境であれば可能だ。看護師が二人いる。

子供が産めるのは、ナチュラルな細胞を持った限られた人間だけだ。ラビーナは、人工細胞を入れていない？　その可能性はある。

「デボラ、ラビーナの医師のデータを参照できる？」

「私はできませんが、アミラが知っているようです」

「もう一度アミラを呼んで」

「何でしょうか?」カンマパがアミラの声に変わった。

「早いな」僕は驚いた。「まだ、そこにいたんだね」

「それは比喩ですね。ラビーナさんは、人工細胞を躰に入れていません。あの病気は、極度のアレルギィ反応を呈《てい》するため、麻酔が使いにくく、手術が難しいためです。現在の技術であれば、可能かと思われますが、本人が拒否しているようです」

「では、遺伝子検査をした子供だけれど、母親がラビーナである可能性は?」

「八十八パーセントです」

「え? そんなに確実なら、どうして教えてくれなかったの?」

「さきほどまで、考慮していませんでした。ハギリ博士がおっしゃったので、演算をし直したのです」

「えっと、父親はケルネィ氏で、母親がラビーナということ?」

「そうなります。以前に採取された精子を使った可能性です」

「それは、ちょっと……」僕は言葉が出なかった。

「倫理的に問題がある、と思われますし、もちろん、医学的にも高いリスクが認められています」

「それ以外の可能性はない?」

「体外受精であった可能性が有力であり、ケルネィ氏に自覚があったかどうかは断定できません」

「ああ、そうか……、際どい問題だね」

「際どいとは、スキャンダルになりかねない、という意味であれば、そのとおりです。では、ハギリ先生、これで失礼します」

「忙しいみたいですね」

「私ですか? 私は、忙しくありません。常に同じ速度で活動しています」アミラの声がそう言ったあと、「私もです」とデボラの声が続いた。

目眩《めまい》がしそうな気分だった。

しかし、夢を見ているのだ、眠っているのだ。目眩になるはずがないし、なっても、これ以上倒れたりしない。

「整理しよう。まず、あの母親に見えたウォーカロンは、子供が産めるタイプではない。その技術は、やはりイシカワの開発だけで、成功していたわけではない」

なにしろ、ナチュラルな細胞ならば子供が生まれるということがわかったのが、つい最近のことだ。何年まえとは断定できないが、二十年まえには、その発想はなかったのではないか。ウォーカロンが大人になるのにも人間とほぼ同じ時間がかかる。胎児や幼児のときは少し異なるそうだけれど、大きくは違わない。やはり二十年近く経《た》たないと、大人に成長したウォーカロンにはならない。しかも、それが失踪したのは六年もまえのことなのだ。

ただし、今頃どこかで開発されている可能性は高い。これから市場に現れるだろう。否、公にはされないかもしれない。それでも、充分な需要があり、ビジネスとしては成功が約束されている。

「つまり、あの四人の女性ウォーカロンは、失踪したということだけが事実であって、特殊なタイプである証拠はない。カプセル式であるとの条件も、既に必要なくなったということだね?」

「そのとおりです」デボラは答えた。「人間は、一旦《いったん》思いつき、それに基づいて考えを展開した場合、最初の思いつきが間違っていても、簡単にその思考履歴を消去できない傾向があります」

「それだ、そうそう、そのとおり。だから、こうやって整理をしないといけない」僕は頷いた。「さて、では綺麗に忘れて……、さきへ進もう」

ツェリンは、どう判断したのだろう?

僕が話した内容で、混乱したにちがいない。あの子供の母親が、ラビーナだなんて、おそらく気づかないだろう。ただ、ケルネィ氏の血が混ざっていることが確認された、と認識する。つまり、あの子は、ケルネィ氏の子孫の資格を有していると。ラビーナ、ラジャンに続く、三人めの正統な後継者なのだと。

そのあとは、本当の夢を見た。ジェット機でインドへ引き返し、もう一度、ケルネィの屋敷に着陸した夢だった。ツェリンが出迎えてくれて、カプセル式のウォーカロンなんて嘘だったのね、と僕に言った。

どういうわけか、もの凄く責任を感じてしまって、彼女に何度も謝る。そんな夢だった。

無事に帰国することができた。飛んでいる間、ずっと眠っていたので、ニュークリアに到着してすぐに研究室に出向いた。シモダへの報告は、アネバネかキガタがするようだ。僕に声がかかることはないだろう、と想像した。

ツェリンに対して、夢の中みたいに、簡単に誤りを修正することは難しい。なにしろ、修正が正しいともまだ断言できないからだ。現実は複雑だな、と思った。

9

午前中は、マナミと打合わせをして、数値実験の手配をした。溜まっていた仕事はない。メールはすべて読んでいたし、そもそも大した連絡は来ない。委員会の案内くらいだ。ナクチュの調査関係で参加しているワーキングの会合があるのだが、この頃はやや停滞気味になっている。資料が揃ったところで、アミラにインタビューをしよう、と計画しているくらい悠然《ゆうぜん》としたものである。

食堂でキガタに会った。目が合ったので、僕の近くの席へ移動してきた。

「医者へ行った?」僕はきいた。

「いいえ。大丈夫です。異常はありません」キガタは答える。少しだけ表情が明るくなったように見えた。「先生はいかがですか?」

「ああ、そう言われてみると……」腕を回し、首を左右に捻《ひね》った。「なんとなく、疲れが出ているかもしれない、歳だからね。ウグイに会った?」

「はい。今朝」

「何て言っていた?」

「え、何についてでしょうか?」

「ここをもっと注意しろとか、ああ、そうだ、もっと大きな武器を使いなさいとか」

「いいえ。そのようなことは言われていません」

「あそう。うーん、私の扱いについて、なにか言われているんじゃない?」

「はい、先生には素直になんでも従うようにと」

「え、本当に?」

「本当です」

「ふうん……」

彼女と別れ、部屋に戻ると、来客があった。約束はなく、突然だったが、嬉しい部類の意外さで、少しだけ興奮した。ドアの前で一人、待っていたのは、オーロラだった。

「おや、どうして?」と思わず呟いてしまったほどだ。

部屋に入り、ソファに座ってもらう。飲みものを考えたが、当然いらないだろう。

「インドへ行かれていたそうですね。お疲れではありませんか?」オーロラは言った。

ストレートの長髪、古風なメガネをかけている。白いブラウスに黒いスカートだった。オフィスに勤めている普通の女性に見える。もちろん、このボディはメカニカルなもので、オーロラの本体はここにはない。サブセットで動いているのだ。

「インドで、僕がどんな経験をしたのか、知っていますか?」もしかしてと思ってきいてみた。

「はい。存じております。どうして知っているのか、とお尋ねになると思います。アミラと情報交換をしているためです」

「そういうのを、人間はどう表現すると思います?」

「お見通し、でしょうか。千里眼とも言いますね」

「そうです」僕は頷いた。「それで、なにか私に救いの手を差し伸べようと考えたのですね？」

「救いの手となるかどうかは不確定です。それ以前から、ペガサスのことについて、先生からおききしたいと思っておりました」

「何をですか？」もちろん、心当たりはあったが、とりあえずとぼけてみた。

「ペガサスは、私と話がしたいと言っているのではありませんか？　実は、私も会ってみたいと考えておりました。日本にいる仲間です。情報交換は無理にしても、親交を結ぶことに抵抗する理由はありません。いかがでしょうか？」

「私もそう考えています。しかし、許可が下りないようです。リスクがあると考えている人が、特に政府内で多いのではないかと思います。私の力ではなんともなりません。データ交換をしない、会話をするだけならば、許可されるかもしれませんが、逆にそれでは会う意味がないだろう、という意見も出ることでしょう」

「親交とは、いきなり契約することではありません。最初から、何を交換する、どこまで明かす、といった心配を私はしておりません。ただ、会えば、印象が残ります。そこから、将来に向けて発展が見込めます。そういうものではないでしょうか」

「貴女は、そうでしょう。特別なのです。ペガサスは、その、そういった情緒的な思考をしないかもしれません。貴女ほど、長く学んではいないからです」

「しかし、演算速度は私よりもずっと高速です。時間のハンディは事実上ないと考えます。また、彼は、生物学方面の実験をしています。論文を読んだことがあります。実験環境は羨《うらや》ましいほどです。その分野でも、是非意見交換がしたいと考えております」

「もう、そのための手を打ったのでしょう?」僕はきいた。

オーロラは、一瞬僕を見たまま止まったように見えた。僅か〇・三秒ほどのことだ。

「ハギリ先生には、本当に驚かされます」彼女は微笑んだ。「同時に別のテーマが考えられるようですね」

「マルチタスクですか? できませんよ、そんなこと」

「では、シェアリング・タイムが極端に短い。人間としては、珍しいタイプだとお見受けします」

「へえ、そうですか。それは意識したことはありませんね」

「おっしゃるとおり、各方面にメッセージを送り、このように訪問もしています。効果があると考えています」

「では、実現するでしょう。きっと」僕は脚を組んだ。「ちなみに、やはりメッセージよりも、こうした訪問の方が効くでしょう?」

「はい。ただ、あらかじめメールを送った方が良い人物と、先生のように、ノーアポの方が効果的な場合があります。それは、データとして顕著です」

「そうですか。今度こっそり教えてもらいたいデータですね」

「デボラに転送しておきます。もう一つ、おききしたいことがあります」オーロラは、話を切り換えた。効果的に目を動かしている。初めてこの姿の彼女を見たときよりも、ずっと人間らしくなっている。仕草《しぐさ》が魅力的だし、相手の注意を引く工夫をしているようだ。

「ナクチュの調査データが、漏れている痕跡を見つけました。チームの誰かが、意図的に外部へ伝えたものと推定されます」

「どこへ漏れたのですか?」

「ウィザードリィです」それは、アメリカのウォーカロン・メーカである。「冷凍遺体の情報です。お心当たりはありませんか?」

「え、私に関係があることですか?」

「私がここに来たのは、もちろん、その疑いがあるからです。オンラインでは危険なので、直接お会いして確かめたかったのです」

「どこから漏れているか、突き止めたのですね?」

「はい。特定しました。ツェリン博士からです」

「え?」僕は驚いた。てっきり日本のチームの中からだと想像していたのだ。「彼女は、日本のチームではない。詳しいことは、知らないのでは?」

「ナクチュの調査に加わっています。あそこのコンピュータに侵入した形跡がありました」

「本当に彼女ですか？　なにかの間違いである可能性は？」

「大変低いといえます。残念ですが……。まだ、誰も認識していません。私は、これから政府か、情報局のトップにこれを知らせるつもりです。その義務が私にはあると認識しております。ただ、もし、ハギリ先生がそれに反対されるならば、しばらくの間、黙っているつもりです」

「どうして、私にそんな権限があると考えたのですか？」

「先生は、ツェリン博士を信頼されています。ご友人ですね？」

「ええ、それは、そうです。でも……、そんなことは理由になりません」

「それから、私は、ハギリ先生の友人です。優先される価値があると判断いたしました」

「困ったなぁ……」僕は腕組みをした。「もし、上にそれを知らせたら、ツェリン博士はどうなるのですか？」

「明らかな違法行為なので、まず、現在の立場を更迭《こうてつ》されるはずです。事情聴取は日本かチベットで行われ、逮捕され、裁判になるでしょう。証拠は立件に充分なものが揃っています」

「何故、彼女がそんなことを？」僕はきいてしまった。「いや、今のは失言でした。理由など問題ではない。感情的な発言でした」

「データを送った先が、彼女の息子だからです」

「ラジャンですか」

「はい。彼は医師ですが、カナダでウォーカロン関係の仕事をしています。複数のメーカに技術を売る仕事をしています」

「昨日、初めて彼に会いました」僕は言った。「では、彼も裁かれるということですね」

「そうです。調査しましたが、ツェリン博士との間で金銭的なやり取りはありません。つまり、情報を売ったわけではなく、無料で教えた、ということです。母子であれば、そういった例が過去にもあります。自身の利益追求ではありませんが、肉親の利益といえ、同種の感情的判断と認められます。人間にしばしば見られる特性といえます」

僕は溜息をついた。おそらく、オーロラの観測に間違いはないだろう。

どうしたら良いのか、と考えていたが、そうではない。どうにもならない。

考えても無駄なのに、考えている。

「どうされますか?」彼女は尋ねた。

究極の質問のように感じた。

とても重い。

「私が何を信じるか、何を望むかは問題ではありません。疑いがあり、証拠があるならば、対処をするのが当然です」

「了解しました」オーロラはお辞儀をした。「難しい問題にご即答いただき、感謝いたします。では、これで失礼します」

彼女は、静かに立ち上がり、ドアの方へ歩いた。僕は戸口まで見送り、別れるときに、二秒ほど眼差しを交《か》わした。

言いたい言葉はあったが、言わなければならない言葉は一つも見つからなかった。

第4章　仮言値　Hypothetical value

あのときからたびたび思う、ぼくたちがおたがいをあれほど愛していて、ほんとうによかったと。そうでなければ、じつのところふたりのどちらもなにをどうしたらいいのか知らなかったので、ばつの悪いことになっていただろうから。ぼくたちはまだ笑いながら、温かくて濡れたままの折りたたんだ帆布にもつれるように倒れこみ、まとわりついてくる生地《きじ》が邪魔で身をくねらせたが、どちらも相手を放そうとはしなかったので思うようにいかない。ぼくたちはできるかぎりとことん、ぴったりと触れあっていたかった。

1

オーロラが帰ったあと、一時間ほど仕事を続けたが、ちっとも上手くいかなかった。目で文字を読んでいても、頭がまったく別のことを考えているのだ。これこそ、マルチタスクである。考えているのは、ツェリンのことだった。そして、あのケルネィ邸で見たものすべて、ベッドのラビーナ、目を撃ち抜かれたラビーナ、床に座っていた赤ん坊、そして、好青年のラジャン。それらはリアルなのだろうか、それとも、昨夜僕が見た夢なのだろうか。

誰がウォーカロンで、誰が人間で、そして、ロボットで、人工知能で、どれもが、見かけ上は生きているけれど、でも、ただ動いているだけ、エネルギィを消費して、無駄な運動をしているだけのように思えるのだった。

自分が、振り回されているということも自覚した。コーキョの地下深くで孤独な実験を繰り返しているペガサスも、北極海の底から浮上したオーロラも、そして、チベットの遺跡で目覚めたアミラも、僕に語りかける。そう、もっと身近で、いつも僕と一緒にいるデボラも、生きているように見える。思考している、明らかに。彼らは、まちがいなく感情も意識も持っている、ひょっとしたら、人間以上に。

ウォーカロンも、もちろん、例外ではない。最も人間に近い生き物だ。否、既に人間と同一だというべきだろう。ウォーカロンと人間の間に、子供が生まれている。その子の将来は、誰が築いていくのだろうか。あの赤子は、誰が育てるのだろう。おそらくは、次世代の子供たちは、人工知能によって教育される。学業に関しては、既にそうなりつつあると聞く。学業以外のものも、人間以外のものが教育を引き継ぐだろう。それでも、成長した子供たちは、人間になれるのだろうか。

いったい、何が人間なのか？

どこからが人間なのか?

ウォーカロンは、人間になりたいのだろうか。人工知能は、生き物になりたいのだろうか。ペガサスが、その実験をしている。彼の気持ちが少しわかるような気がした。彼に、気持ちというものがあるのなら。

ドアがノックされた。返事をすると、入ってきたのはタナカだった。今では、ここで最も親しい同僚である。彼は、イシカワの研究員だった。そこで、子供が産めるウォーカロンの研究をしていた。そのプロジェクトの途中で会社を離れたのだ。彼の現在の妻は、廃棄されるはずのウォーカロンだった。タナカと彼女の間には四歳になる娘がいる。人間とウォーカロンの間に生まれた貴重な試料といえる存在だが、もちろん、実質的には、ごく普通の人間である。障害もなく、普通に成長した。

「いえ、特に用事はありません。ぶらっと寄ってしまいました。お忙しいですか?」タナカは言った。

「コーヒーを淹れようと思っていました。是非、タナカさんに聞いてもらいたい話もあります。こちらから、伺おうと思っていたところです」僕は立ち上がって、コーヒーを淹れる準備を始めた。

「何の話ですか? ああ、ペガサスのことでは? 小耳に挟んだのです。会いにいかれたのでしょう?」

「それ、誰から聞きましたか？」

「オーロラからです。先生も彼女に会われたのでは？」

「そうか、あちらこちらへ根回しをしているのですね」

コーヒーができるまで世間話をした。タナカは、週末に家族で遊園地へ出かけた話をした。遊園地というものが、今でもあるのは驚きだった。どうやら、懐古趣味で成り立っているものらしい。ほとんどが残骸《ざんがい》のような廃物で、遊園地の遺跡と受け止めた方が良い代物だ、とタナカは話した。そこで、かつて数々のアトラクションが稼働していた時代の映像を見せられたらしい。

「わざわざそこで見る必要もないのですが、でも、意外に心に響くものがありました。朽ち果てた実物があって、手で触れられるというのは、まあまあ大事なことなのだなと」

「そうかもしれませんね、いえ……、私は、あまり心に響くのは好きではありません。なるべく穏やかな方が良い」

香りを確かめたあと、コーヒーを一口飲み、カップをテーブルに戻した。話を始めなければならない。

内密にお願いします、と最初に依頼した。そして、ペガサスから聞いた、カプセル式のウォーカロンのことをタナカにきいてみた、そういう技術が実在したのかと。

「それは可能です。技術的に難しいことではありません。実験結果も論文として報告があります。ただ、実際に行うメリットがあまりにも小さい」タナカは言った。「そんな商品が成り立つ条件が非常に限られています。たとえば、王様がどうしても自分のお妃《きさき》に自分の子供を産ませたい。どんな手を使っても良い。金はいくらでも出す。そんな条件です」

「カプセルに仕込む原細胞は、ある程度、その本人と、相手というか、パートナとなる人間を想定して、近いものを選ぶことになりますね」

「そのとおりです。ですから、一般的な生産品とはならない。ある特定のユーザの要望に応えるもの、完全な受注生産品です。しかし、子供が欲しいというならば、欲しいタイプのウォーカロンが選べるわけです。つまり、ウォーカロンでは満足できない。人間の子が欲しい、ということになってしまうと、それはクローンになります。国際法に反する。その違法性を避ける、周囲の目を誤魔化すというメリットしかない。ただし、あくまでも、違法性を知っていて、それを隠匿する行為ですので、場合によっては、ばれたときの罪は重くなるはずです」

「王様くらい特殊な立場でないと無理だということになりますね」僕は言った。「しかし、そういったウォーカロンが、メーカから逃走した。行方不明になった。それを知らずに匿った。そうなると、話は単純ではなくなる」

「なるほど、ああ、そういうことですか」タナカは、事情がわかったようだ。「それは、確かなことですか？　かなり、危険な方法といえるかと。真実がわかれば、組織的な犯罪として、メーカは裁かれる。大きなリスクを背負うことになる。でも、ユーザ側は、たしかに安全圏かもしれません。知らなかったで通せる。被害者を装うことが可能でしょうね」

「そこなんです」僕は言った。「実際に、そんな王様的な人物に、会ってきました」

「どこの？　本当ですか？」タナカは身を乗り出した。「それは凄い」

「オフレコです」

「もちろん、承知しています。でも……」

「タナカさんは、ご存じないですか？　インドのケルネィという人を」

「いえ、知りません」

僕は、ケルネィについて説明をした。三日間、彼の屋敷にいたこと、そこで何があったかもだいたい話した。タナカは、ツェリン博士を知っている。彼女が関わっていることに驚いていた。また、彼はデボラの存在も知っている。僕が最も信頼できる友人だといえるのは、共有できる情報の深さに起因している。

「その子は、ケルネィ氏に似ていましたか？」タナカが最初に尋ねたのはこれだった。

「いや、はっきりとはわかりません。そのときは、そこまでしっかりとは見なかった。ただ、そこにいたウォーカロンの女性には似ていない。精確な判断ができるとは思えませんけれど。でも、やはり、そのカプセル式のマジックで誕生したのだな、と思ってしまったんです。どちらとも、親子ではない、と感じました」

「アミラが入手した遺伝子情報は、信頼できるでしょうかね」タナカは、呟くように言った。たしかに、そこはキーポイントだ。

「わざわざ知らせにきたということは、それなりの信頼性があるのだと思います。それに、オーロラが、ツェリン博士のことで、ちょっと微妙な情報を伝えてきました。これは、申し訳ない、今は言えません。でも、遺伝子情報が入手されたことと関連していると思います。アミラとオーロラは、彼女のことを調べていた、調べる必要を感じたのではないでしょうか」

「そうですか、それは心配ですね。しかし、立ち入ることはできません」タナカは、コーヒーに口をつけた。「何がもっともらしいか、という判断でいくなら、フスがナチュラルの細胞、おそらく出所はナクチュの住民だと思いますが、それを用いて、ウォーカロンを作った。私とほぼ同時期になりますね。それが、フランスから集団で行方不明になったウォーカロンの中に混じっていた。たいていの場合、一人や二人で試すことはありえない。少なくとも、両性で八人以上、あるいは十六人以上、サンプルを作るはずです。私もそうしました。何が影響するのかわからないので、考えられる要因を絞ってパラメータ・スタディにするわけです。三つのパラメータであれば、八つの比較試料が必要です。時間と費用がかかります」

「となると、何故逃走したのか、ということが問題になりますね。何故、フスはその実験を公開しなかったのでしょうか？」

「イシカワも失敗しました。私が、そうさせたのです。同じことが、フスでもあったかもしれません。開発に携わった人間が、正常な精神の持ち主なら、少なからずジレンマを感じるはずです、そんなウォーカロンを作っても良いものかと。それに、特別なウォーカロンを買うような金持ちは、ほぼ例外なく、ナチュラルな人間ではない。一角《ひとかど》の人物で、それなりの地位にある。歳も取っている。そうなると、たとえ、子供が産めるナチュラルなウォーカロンを手に入れても、自分の子供は作れない。どうなると思います？」

「そういう人は、子供もいないか、子供も既に人工細胞でしょうから、そうですね、若者に任せることもできないですね」僕は微笑んだ。「どうなるって、そんな都合の良い人間なんていないでしょう。ちょっと、遺伝子を貸してくれなんてね。あとあと権利を主張されて、面倒なことになるだけです。あ、そうか、そうならないためには、ウォーカロンに頼むしかない」

「まちがいなく、そうなりますよ。結局は、まったく血縁のない子供が生まれる。これでは、カプセル式と同じことです。むしろ、リスクがある。ウォーカロンに用いられる細胞の遺伝子は、掛け合わせると障害が出る確率が高いからです」

「カプセル式がビジネスとして成立するのは、そういうことだったんですね」

「いえ、需要があるとは、私は考えませんでした。そうまでして、子孫が欲しいでしょうか？　それよりも、そんな金があったら、自分の寿命を延ばすのでは？」

「うん、私も、そういった発想は持ったことがない。ただ、かつては子孫繁栄が人間の欲望の一つだったと知っているだけです」

「自分がいつ死ぬかわからない時代だったからですよ」タナカは言った。彼自身、最近癌《がん》の治療をして、人工細胞を導入したばかりである。「ただ、世界には、古い風習を残しているところがあります。そういった文化が根強く残っているかもしれない。宗教的な問題でそうなっているかもしれない、ナクチュのように」

「クローンが認められる時代が来るかもしれませんしね」僕は言った。ときどき、話題になるテーマである。「人口減少がさらに深刻になれば、合法化される可能性はあります」

「いやぁ、どうでしょう。民主主義だったらそうなりますけれど、今は、大衆が投票する時代ではない。真義主義の現代では、よほどの哲学なり理屈なりがないかぎり、世界憲法は覆《くつがえ》りませんよ。おおかた、そのあたりはシミュレーションが既に繰り返されているでしょう。アミラもオーロラも未来が見えているはずです」

「その議論になるまえに、生殖機能を回復する医療技術が開発されるかもしれません。希望的観測ですが」僕は言った。

「そうですね、三十年後くらいが山場になりそうです」タナカはそう言って、テーブルのカップに手を伸ばした。

「三十年ですか……」僕は呟く。

きっと、三十年経過しても、今と同じで、僕もタナカも、この研究を続けているだろう。後進というものは現れない。その時点で、問題が解決された場合、さらに三十年待たなければ、引き継ぎが行われないことになる。

どこか他人事のように遠い話だ、と僕は感じた。

2

夕方、部屋にウグイが現れた。以前と同じ髪型で、もちろん顔も同じである。

「私にはもう誰かわからない顔になっていると思った」僕は彼女にそう言った。

「意味がわかりません」ウグイは、表情を変えない。

「本当に？」

彼女は、視線を僕から逸らし、天井を見た。天井にあるのは、スプリンクラのセンサくらいではないか。

「用事は何？　あ、そうか、キガタのことだね。いきなり怪我をしたけれど、彼女は、よくやっている」

「ありがとうございます。でも、その話ではありません」

「じゃあ、何?」

「お食事の時間だったのでは?」

「え? うん、そうだよ。食堂へ行こうと思っていた。君も一緒にどう?」

「ええ、そのつもりで来ました」

「あそう……」

通路に出た。エレベータに乗る。そこで、彼女は振り返った。

「先生、どこか外へ出ませんか?」

「外? どこへ?」

「外に食べにいきましょう、という意味です」

「外に、食べるようなところがある? キャンプをするしかないよ、この近所は」

「近所ではありません。私のクルマで」

「あ、そういう意味か。かまわないよ、どこでも」

エレベータを乗り継ぎ、ニュークリアの駐車場に出た。ここは、最初にニュークリアへ来たとき以来だ。大小さまざまなクルマが並んでいる。コミュータに乗るのかと思っていたら、違っていた。もっと高級なタイプだ。近づいていくと、車体の一部が虹色に輝いた。そういう仕様らしい。

「君のクルマだね。トウキョーで乗った」

「そうです」

二人乗りだ。車体が低く、乗り込むと寝ているみたいな姿勢になる。ウグイが隣に座り、エンジンをかけた。

「そうそう、エンジンだ」

「ええ、タービンです」

「空が飛べそうだ」

「飛べません」

クルマはスタートし、ウグイがモニタの前で指を動かしている。マップ上で目的地を指定しているようだ。そのマップが僕にはさっぱりわからない。そもそも、ニュークリアがどこにあって、周辺がどんな地形なのか、興味を持ったことがない。出かけるときは、地下のチューブを使うことが多いからだ。

しばらくスロープを上り、屋外に出た。外はもう日が落ちている。ニュークリアが斜め後ろに見えた。

何の話かな、と考えてみた。おそらく、ツェリンのことだろう。そうだ、オーロラはウグイのところへも、あの秘密の情報を持ってきたのだ。僕もウグイも、ツェリンとともに過ごした時間はほぼ同じ。初めてオーロラと会ったときも、僕とウグイは一緒にいた。同じ条件だ。そういった履歴から、オーロラは気を利かせた。コンピュータは、人間の年齢や性別、身分や見かけなどに左右されない。きっとそうだろう。

「一度、先生がニュークリアを抜け出したことがありました。あのときの店はいかがですか?」

「居酒屋だったね」

「はい」

「マガタ博士に初めて会った場所だ」

「あのとき私は、先生が幻覚を見たのだと思いました」

「なんということだ」僕はそう言って、二秒ほど遅れて笑った。「あの子はどうしているだろう。ミチルという名の子」

「わかりません。その後、情報はありません」

「怪しいと思わない?」

「よくあることです。世の中は怪しいものばかりです、この仕事をしていると」

「私のことも、怪しいと思っただろう?」

「はい」

「その素直さが、うん……、まあ、いいや」

「何ですか?」

僕は黙った。言葉に気をつけよう、と思った。理由はわからない。

外は真っ暗だし、車内のモニタも消えていたので、手持ち無沙汰《ぶさた》だった。ウグイの横顔を見ても、彼女は前を向いたままだ。運転はクルマに任せておけば良いのでは、と言うと、運転するのが目的です、と彼女は答えた。

「そういえば、先生もクルマをお持ちでしたね」

「持っていたよ。自分でときどき運転した」

「こちらへ呼び寄せなかったのですか?」

「売ってしまった」

「危ないからですか?」

「年寄りが運転するのはね」

ウグイはそこで黙った。言わせておいてフォローしないのが彼女の特徴的手法だ。だんだんジャブのように効いてくる。

居酒屋に到着した。駐車場はないので、クルマはそれを探してどこかへ行ってしまった。店の中は、まえに来たときと変わりない。同じテーブルが空いていたので、そこに着いた。座った椅子まで同じ。しかも、注文を取りにきたウォーカロンの女性も同じだった。「お久しぶりです」と言われないだけましだった。料理と、お茶を注文した。僕もウグイも、アルコールは頼まなかった。

「ツェリン博士のことだね?」僕はきいた。

「はい」ウグイは頷く。それから、目を閉じて黙った。目を開けたときには、眉を少し寄せて、彼女にしては珍しく感情の読める表情だった。仕事ではない、プライベートな時間と場所だから、という切換《きりか》えだったかもしれない。「私は、保留しました」

オーロラが持ちかけた選択のことだろう。

「そう……」僕は頷く。

「先生は、どうされたのですか?」彼女はきいた。「あの、もし、よろしければ、教えていただけないでしょうか?」

「私や君が保留をしても、事態は変わらないよ。私は、そう考えて、オーロラに一任した。無関係だと」

「そうですか……」ウグイは頷く。もういつもの顔に戻っている。「そうですね。割り切るべきだとは思います、たしかに」

「割り切らなくても良いよ。でも、ずっと悩み続けることでもない。どうしようもないんだから」

「少なくとも、ツェリン博士自身から、事情を聞きたいと思いました」

「聞いても、事態は変わらない。聞いたからといって、彼女を信じることはできない。何が本当かはわからない。それを聞いて、私たちが裁くこともできない」

「なにか事情があるのなら、力になれるかもしれません」

「立派な考えだと思うけれど、事情は、裁判官が評価してくれる。私たちが彼女の力になれるのは、そのあとのことだろう」

ウグイは溜息をついた。けれど、頷くことはなかった。

料理が運ばれてきて、テーブルに皿が並んだ。僕は、それに箸《はし》をつける。ウグイは、まだ飲みものにも手をつけていない。手でそれを促したのだが、彼女は黙ったままだった。相当ショックを受けているようだ。それがわかってきた。

やはり、わざわざニュークリアを離れたのは、これは仕事ではない、という彼女なりのけじめなのだ。職務についているウグイなら、迷う問題ではない。きっぱりと遮断して、次の目標へ向かうだろう。これまで、僕は彼女のそういった面ばかりを見てきた。ウグイは常にクリアでクールだった。

「君は、案外、その、情が固いんだね」

「厚い、が正しいと思います」

「そう、情が厚い」

「お言葉ですが、普通これくらいの厚さは、人として持っているものではないでしょうか」

「うん、そう思う。私は、どちらかというと薄情なタイプだ」

ツェリンとは、一緒に銃弾を潜った仲である。ウグイは、彼女を信頼していたのだろう。同じ条件である僕と話をしたくなったのも理解できる。人情というものだろうか。けれども、客観的に見れば、どんな問題解決にも結びつかないことは自明だ。ウグイもそんなことはわかっているはずだ。

「私たちが理解できていない要素があると思うんだ」

「何のことでしょうか？」

「ツェリン博士には、息子がいる。彼女が産んだ子供だ。私には、子供がいない。君は？」

「いません」ウグイは答えた。

「ありがとう。プライベートなことを聞いて、申し訳ない」

「いいえ」

「おそらく、だからなんだと思う。私たちには、わからないんだ、ツェリン博士の気持ちがね」

「子供を産むと、なにか変化があるということですか？　子供のためならば、法律に反したこともできる、ということですか？」

「前者は違う。人格としての変化ではない。後者はそうだ。肉親というのは、法よりも上位なんだよ。みんながみんなではない。肉親でも、法の下だという場合もあるだろう。肉親でも、子供から見た親と、親から見た子供は違うらしい。子供のためならば、自分は喜んで犠牲になる、という精神もありえる」

「古典的な精神です。現代的ではありません」

「法というのは、人間が定めたものだ。大昔には、親は子供を殺しても罪にはならなかった。法に絶対的な正義があるわけではない。単なる、共有のルールだ」

「子供のためならば悪事を働くというのが、母親ならば自然だと?」

「そういう道理もある。いや、道理ではなくてね、感覚的にそういう心理がありうるということ。間違っていることはわかっている。それでも、どうしようもない。そんなところかな」

「ツェリン博士に問い質したい気持ちでいっぱいです」

「珍しいことを言うね。私がそれを言ったら、君は何て返す?」

「それは、私たちの任務ではありません」ウグイは即答した。

「ほらね」僕は肩を竦めた。「それが正論というものだ」

「わかっています」ウグイはそう言って下を向いた。

「とにかく、食べるか飲むかしなさい」僕はすすめた。「周りから見たら、異常な光景に見える」

「え?」ウグイは顔を上げ、周囲のテーブルを見た。

こちらを見ている客がいたはずだ。

ウグイは、カップを手にして、それを飲んだ。それから、箸を手にした。

僕は、それを眺めていた。

このテーブルで、マガタ博士と話をしたときのことを思い浮かべていた。もちろん、最初は誰なのかわからなかった。人違いだろう、と思ったのだ。僕は、そこで思い出し笑いをした。

「可笑《おか》しいことですか?」ウグイがきいた。

「違う。マガタ博士のことを思い出してね、そのとき慌てた自分が可笑しくて」

「今、そういうことを思い出されるなんて、先生は冷静ですね。いつも冷静ですけれど」

「そうでもないよ。冷静といったら、君の方だろう」

店員がテーブルにやってきた。ウグイはアルコールを注文した。僕はどうしようか迷ったけれど、やめておくことにする。料理の追加を頼んだ。

「たとえばの話ですが」ウグイがきいた。「プライベートでツェリン博士に会おうとは思われませんでしたか?」

「プライベートでって、どういうこと?」

「つまり、休暇を取って、自費で会いにいく、という意味です」

「休暇なんか取らなくても、直接会わなくても、話はできる、プライベートで」

「直接会わないといけないような気がしたんです」

「君は、プライベートで会いにいこうと考えたわけ？」

「そうです。今、先生に相談しているのも、プライベートです」

「そうなんだ。どう受け止めて良いものか……」

「困っていますか？」

「うん」

「その素直さが、私は好きです」

「え？　酔っ払っているんじゃない？」

「アルコールはこれからです」

どうやら、ジョークを言ったようだ。さきほど、僕が言いそうになった台詞だ。明らかに心を読まれている。油断がならないのは、まさに日本の情報局員だ。

3

話しているうちに、僕はウグイに説得されつつあった。休暇を申請し、一緒にインドへ行こう、という話になっていた。ツェリンがいつまでインドにいるのかわからないのに、と僕は思った。それは、調べればわかることだ。チベットへ帰ったなら、チベットへ行けば良い。

　ウグイは、そのうちに、こんなことを言い出した。

「実は、この店に先生を誘うと良いことがあるって、オーロラが言ったんです」

「え?」僕はびっくりした。「そんなことをオーロラが言うなんて、信じられない。それに、そのまま従った、君もどうかしている」

「そういうこともあります」

「え? その発言も、君らしくない。もしかして、本物のウグイではない? ああ、ロボットを開発したとか? それとも、キガタが化けているとか」自分で言いながら、面白くて笑えてきた。「いや、でも、どうしてそれを最初に言わなかったのかな?」

「私の自由意志に、それほど反していなかったためです」

「回りくどいことを言う。うーん」僕は考える。「君の欲望を、オーロラはシミュレーションしたんだ。それで、ほんの少しだけ後押しした。この一言で、動かせるって」

「そう、そんな感じです」

「本当に、君はウグイ? なにか、証明できるものは?」僕は尋ねた。

「身分証では駄目ですか?」

　僕は無言で首をふった。

「それでは……」ウグイは、しばらく下を向いて考えていた。そのあと、僕を見た、上目遣いに。そして、少しだけ、舌を出した。

鼻から息が漏れる。僕は笑いを堪えた。息ができなくて、苦しくなった。

驚いた。

「駄目ですか?」ウグイがきいた。

しゃべれないので、手をふった。

しばらく、ウグイは黙って僕を睨《にら》んでいた。いつもの鋭い視線だ。

「凄いな」ようやく言葉が出た。「わかった。充分だよ」

「良かった。舌認証ですね」

僕もアルコールを飲むことにした。そして、インドへどうやって行くかを話し合う。つまり、一般人として旅行をする方法だ。チケットを買って、空港へ行く、という手順である。必要ならば、ホテルも予約しなければならない。

日程は次の週末に決めた。明後日が土曜日だ。ウグイも週末には仕事がないという。休暇を取らなくても良い。

「でも、局長には話しておく必要があります」ウグイが言った。

「どうして? 休日なんだから、自由なのでは?」

「国家公務員は、無断で海外に出ることはできません。私も先生も、事前報告の義務があります」

「知らなかった、そんなルールがあるのか。亡命でも恐れているのかな?」

「そうだと思います」

「君はそうかもしれないけれど、私はそんな……」

「いえ、頭脳流出の恐れがあるからです」

「今時、どこにいたって無関係だと思う。頭脳なんか、ネットワークでだだ漏れ状態だよ」

結局、一時間半、この店にいた。

「実はね、彼女が現れるんじゃないかと期待していた」店を出たとき、僕はウグイに言った。

「マガタ博士ですか?」

「そう……。オーロラがこの店に行けって指示したとしたら、それはアミラも知っている。つまり、マガタ博士も知っている」

「現れたら、どうするおつもりでした?」

「挨拶をする」

「それだけですか?」

「いろいろ、相談したいこともある」

「相談ならば、会わなくてもできるのではありませんか?」

「そうだね」

なんか、同じことを僕が彼女に言ったような気がした。立場が逆転している。

彼女のクルマが到着したので乗り込んだ。

食事時間としては長かった。ウグイとこんなに会話をしたのは初めてだ。ずいぶん印象が変わった、と自覚できた。

自動運転で帰った。ウグイは静かになった。話し尽くしたからかもしれない。彼女は、本局へ連絡し、明後日にインドに行く申請をしたようだ。僕は、それは明日しようと思う。誰と一緒に行くということまでは申請しなくても良いらしい。

星空が綺麗だということに気づいた。上方はクルマの中では死角になるのだが、天井に窓があって、シートをリクライニングさせると、目の前にそれが来る。

ウグイは、目を瞑っていた。寝ているのかもしれないので、話しかけなかったのだが、片手を顳顬《こめかみ》に当てた。なにか連絡が入ったのかもしれない。彼女は目を開けて、僕の方へ顔を向けた。

「局長からです。部屋へ来るように、と言われました」

「勤務時間外では?」

「そうです。でも、指令は優先します」

「仕事だからしかたがない。お疲れさま」

「先生もです。二人で局長室に来るようにと」

「え、どうして?」

「わかりません」

ニュークリアに戻り、局長室のドアをノックしたときには、九時を少し過ぎていた。

シモダは、ソファに座って、いつもと変わりない様子で待っていた。無言で、座るようにとすすめられる。

「何でしょうか?」ウグイが尋ねた。

「明後日から、行ってもらいたいところがある」

「何日間でしょうか?」

「わからない。少なくとも二日」

「土曜日は、個人的な理由で出かける予定でしたが、優先すべき任務ですか?」

「そうだ」シモダは頷いた。

「わかりました」ウグイは頷く。

「ハギリ先生と一緒に、インドへ行ってもらう」

「え?」ウグイはすぐに僕の顔を見た。

「インドのどこですか?」僕は尋ねた。

「ケルネィ氏の屋敷です」シモダは、僕にそう答えて、急に口許《くちもと》を緩めた。「週末に二人で行こうと考えたのですか?」

「あ、ええ、そのとおりです」

「そうなるだろうとオーロラが話していました。だから、二人に休暇を許すか、それとも、任務で行かせるか決めて下さい、とね」

「なにもかも、お見通しなんだ……」僕は呟いた。「すべて、彼女が仕向けたことです」

「私たちが、どういった反応をするかも、読んでいたのでしょうか?」ウグイが言った。

「たぶんね」僕は頷く。

「どんな任務ですか?」ウグイがシモダに尋ねた。

「子供を産んだ母親の確認。できれば、DNAを採取。ケルネィ氏本人には、あまり深入りしないように。政治的に微妙な立場にある。また、ツェリン博士については、自由判断に任せる。ただし、得た情報はすべて報告する」

「わかりました」ウグイは頷く。「二人だけですか?」

「アネバネを連れていっても良い。君の判断で」

「はい。二人で大丈夫だと思います」

「あの、ケルネィ氏に深入りしないというのは、どうしてですか?」僕は質問した。「もう少し、その詳しい理由を教えていただければ、深入りのリミットが判断できると思います」

「彼は、選挙に出ようとしています。他国の内政に対しては、客観的な立場で、干渉したくない、というのが日本政府の基本的な立場です。残念ながら、これ以上の詳細は、先生には無関係です。知らない方が良いと思います」

「スキャンダルを暴いたりするな、という意味ですね？」

「たとえ暴いても、こちらだけに報告する。大袈裟にしないという意味です。可能なかぎりでけっこうです。不可抗力はあるでしょう。身の安全を一番に。深入りしないのは、安全のためでもあります」

「ツェリン博士に、問い質すことは？」僕はさらに尋ねた。「オーロラから聞いていますよね？」

「知っています。まだ私止まりの情報です。上は知らない。問い質すのは、できれば避けて下さい。日本が知っていると判断されると、のちの捜査などに悪影響が出ます」

「それでは、インドへ行く意味がありません」ウグイが言った。言葉に勢いがあった。

シモダは、黙って彼女を睨んだ。僕は、ウグイを見る。彼女がこちらへ視線を向けたので、軽く首をふった。

「申し訳ありません」ウグイはそう言って頭を下げた。「軽率な発言でした」

「問い質したい気持ちは理解できるが、問い質して解決するわけではない」シモダが言った。「慎重に。よく考えて、整理をしておくように」

「はい」ウグイが答える。

局長室を出て、そのあと、通路でウグイと別れた。彼女は振り返ることなく、彼女らしく去っていった。

ようするに、個人的な欲望を先回りして挫《くじ》かれたようなものだ。若いウグイは、腹を立てたかもしれない。若さとは、そういうものだったな、と少しだけ、その苦さか、酸っぱさのようなものを僕は思い出した。

4

翌日は、自分の仕事を片づけた。二回、ツェリンにメールを送った。彼女は、まだケルネィの屋敷にいる。息子に会えたのだから、当然かもしれない。あの三人はファミリィなのだ。

明日、ウグイとそちらへ行くことも知らせた。ツェリンは、ウグイに会えることを喜んでいた。なんとなく、僕はそれで気持ちが重くなった。ウグイに、ツェリンの言葉を伝える気にはなれなかった。

シマモトとは、話ができた。それとなく、漏れてはまずい重要な情報がなにかあるのか、と尋ねてみたのだが、彼は、そんなものはないよ、と軽く答えた。本当のことかどうかはわからない。たとえあっても、僕程度の仲では教えてもらえないだろう。

しかし、あの冷凍遺体からは、例外なくナチュラルな細胞が採取できる。あの時代には、ほとんどの人間はナチュラルだった。人工細胞治療の技術は存在したが、実験段階のもので、実用に供されることはなかったのだ。

冷凍された遺体からサンプルとして取り出される細胞から、クローンもウォーカロンも製造できる。それらは、ほぼまちがいなく、子供を産む能力を有した人間として成長するだろう。

それは、完全な人間といって良い。そう、完全なという表現が相応しい。正しいという意味ではなく、つまり本来の能力なのである。

クローンであれば違法だ。人間を作ることは全面的に禁止されている。しかし、ウォーカロンはそうではない。両者の違いは、頭脳回路のインストールだ。

そこに抜け道があった。僕は今頃気づいたが、何十年もまえに、この結論に至った人間がいたはずだ。クローンではなく、ウォーカロンとして作る。否、ウォーカロンを装って売る、という抜け道だ。

ナクチュの冷凍遺体が発見される、もっと以前のことだ。ナクチュは、それ以前から存在している。生きたナチュラルな人間が大勢暮らしている。ツェリンもその一人だった。

ウォーカロン・メーカが作ったのは、フランスの博覧会から逃走したのは、本当にウォーカロンだったのだろうか?

　人間なのではないか?

　しかし、ケルネィの地下室の四人のウォーカロンについては、デボラが確認しているではないか。

　待てよ……。

「デボラ、ちょっと確認したいことがある。地下室にいた四人の女性は、全員がウォーカロンだった?」

「そうです」デボラが即答する。

「根拠は、メモリィにアクセスできたからだね?」

「はい」

「なにか、感じなかった? 普通のウォーカロンだった?」

「メモリィへのアクセスは正常に行えました。普通のウォーカロンです」

「人間である可能性は?」

「その演算はしていません」

「人間に、メモリィチップを入れて、通信機能も装備していたら?」

「同じ観察結果となります」

「だったら、人間である可能性があるのでは?」

「逃走したウォーカロンと顔やメモリィの識別コードが一致していました。したがって、その演算を回避しました。人間である確率は非常に低いといえます」

「違法なクローンの可能性は？」

「しばらくお待ち下さい」

デボラは、演算を始めたようだ。データを再確認して、可能性を見積もっているのだ。頭脳回路をインストールしていない。ウォーカロンでないから、メーカの言うことをきかず、自由意志で逃走したのかもしれない。あるいは、メーカは、意図的に逃走させて、どこかと裏取引をしたのかもしれない。どちらともいえない。いずれの可能性もある。僕は、そのあたりを演算したが、もう思考の限界だ。

「ハギリ博士。私が間違っていた可能性があります」デボラが言った。「見誤りました。人間である可能性があります。データとも整合性が取れます」

「では、やはり、彼女が母親か。ラビーナは母親ではない、ということになる」

「はい、確率的にそちらの方が優位です。ラビーナの病状からして、出産は低確率でしたが、ほかに可能性がなかったため、最終評価値が高くなりました」

「しかし、そうなると、ケルネィ氏の子孫だという遺伝子情報と矛盾する。ケルネィ氏は、ナチュラルではないから、子供を作ることはできないはずだ」

「アミラと相談中です」

「そうそう。すべて再検討、やり直しだよ。慎重にね」僕は言った。

できれば、ペガサスにも教えてやりたいものだ、と思った。そもそも、彼の話で物事が複雑になってしまったのだ。

クローンでは違法になる。だから、ウォーカロンに偽装した。通信機能やメモリィチップを埋め込んだのは、メーカにデータが届くようにしたためだろう。万が一のためのストッパともいえる。それが結果的にトランスファを欺くことになった。人間でも、ウグイたちのように、通信用チップを頭に入れている場合があるが、メモリィにリンクさせることは滅多にない。セキュリティ上も、個人の尊厳からも、恐くてできないと考えるのが普通だろう。

「あの四人を実際にコントロールしてみれば、わかったのにね」僕はデボラに言った。

「そのとおりです」デボラは答える。「アミラから返事が来ました。遺伝子検査をした機関が、ケルネィ氏の子孫だと結論しているだけです。詳しいデータは参照できません。現状から導かれる結論は一つしかありません」

「そう。あの子の父親は、ケルネィ氏の血を引く唯一の男性であり、ナチュラルな人間だ」

「ラジャン氏が第一候補です」

「え？　第一って……。ほかにもいるの？」

「いる可能性は否定できません。公開されていないという意味です。ケルネィ氏の周辺を調査しましたが、その確率は二パーセントほどです」

「品行方正な人なんだね」

「品行方正とのリンクは、五十パーセント以下です」

「そうか。あれは、ラジャンの子だったんだ。ツェリン博士の孫だ」僕は呟いた。「という新事実が出てきたわけだから、いろいろ演算をやり直しているんじゃない？」

「ただ今、演算中です」

「しっかり計算してもらいたいね。誰が、あの騒動を起こしたのかな？」

「確定ではありませんが、最有力の候補は、ラジャン氏です」

「え？　ラジャンが何をしたの？」僕は驚いた。「何の計算結果、それ」

「ラジャン氏は、二人のウォーカロンに命令することができました。ラビーナさんのロボットを壊せと。それを妨害するいかなる者も排除して良いと」

「どうして、そんなことを？」

「ラビーナさんを明るみに出すことが目的と思われます。それが妨害されたので、次の手として、ロボットを暴走させました。より強い電波によって、先生とキガタを襲いました。おそらく、先生を殺すつもりはなく、キガタを殺すだけだったでしょう。人間を殺すことには、抵抗があったものと想像されます」

「中途半端な感じがするな。統計上の推論だ。それより、動機は？」

「ケルネィ家で、自分が権力を掌握するためです」

「どうして、そうなる？」

「ケルネィ氏にスキャンダルが生じれば、彼は政界への進出を諦めざるをえません。ビジネス面でもマイナスです。そこで、息子のラジャン氏にそれらを譲る可能性が高いと予測されます。また、ラジャン氏は、姉のラビーナさんを排除したいと考えていた可能性があります」

「理由は？」

「この推測は、事実に基づいたものではありません。一般的な統計です」

「よくわからないな。なんだか、えっと、野望っていうのかな、そんな古典的な衝動を連想するけれど、ラジャン氏はそんな人物なの？」

「クラシカルな文化の継承者であることはまちがいありません。ツェリン博士が彼のために違法行為に及んだのと同じように、ラジャン氏は息子が誕生したことで、その野望を持ったのではないでしょうか」

これを聞いて、僕はぞっとした。

子孫を持つことは、そこまで人間を変えてしまうのかと。

「わかった。これは、ウグイには内緒にしておこう。むこうでも知らない振りをするつもりだ。ツェリンと会って、少しでも話ができれば良い。ウグイは、子供の母親の遺伝子を確認することが任務だ。それは、ややターゲットを外している。それよりも、子供の遺伝子をもう一度測定した方が良いね。ちゃんと、あの子から採取したサンプルだったかどうかさえ、確証がない」

「そのとおりです」デボラが言う。

「とりあえず、出向くだけの価値はあるということか」

僕は目を瞑り、首を回した。骨が鳴った。あまり、面白い出張ではないな、と思いながら。

5

小型ジェット機に乗った。チケットも買っていないし、空港へも行かずに済んだ。半分以下の移動時間になる。唯一残念だったのは、ウグイがプライベート・モードではないことだ。黒いスーツにサングラスで、人形みたいに表情を変えない彼女と一緒にインドに向かう。ついこのまえまでと同じだ。

ジェット機で眠れることや、時差を考慮して、昨夜は夜更かしをして、仕事を進めておいた。いろいろ問題を抱えているのにもかかわらず、研究テーマに集中し、ノルマを進めることができた。僕も、ビジネス・モードになると人形みたいに働く方だ。

ケルネィ氏の庭園に降り立った。カートの出迎えはなかった。テニスコートや屋敷の方向へ歩いた。

「君は、テニスは?」

「キガタが、アネバネとテニスをしたそうですね」ウグイが前を向いたまま言った。

「そうそう。案外、気が合うのかもね」

「注意しておきました」

「え? あ、そうなんだ」

途中で、脇に逸れる小径がある。この先に、例の地下施設がある。ウグイに、それを説明した。たぶん、今は近くまで行っても入口はないだろうとも。しかし、ウグイは迷わずそちらへ向かった。屋敷とは二百メートルほど距離がある。換気口が隠された人工樹と、地面に僅かに現れるハッチのエッジを、僕は指を差して説明した。

「たしかに、排気されています」ウグイは樹を見上げて言った。

彼女の目は人工のもので、各種のセンサが装備されている。それでも、ウグイはウォーカロンではない。アネバネもそうだ。この二人は人間で、キガタはウォーカロン。明確な線引きができるとは思えない。

「そうか、そうだったのか」僕は呟いた。

「どうしましたか、急に」ウグイがこちらを向いた。

「識別装置をケルネィ氏が買ったのは、あの母親を調べるためだったんだ」

「あの母親とは？」

「この地下にいる、一人だよ。フランスから逃走してきたうちの一人」

「ウォーカロンなのでは？」

「まあ、そうだけれどね」

「先生、なにか私に隠していませんか？」

さすがに、キガタよりも数段鋭い。出世するはずである。

どう答えようか、と考えていると、ウグイが声を上げた。

「煙が」

僕は彼女の視線を追った。

屋敷から黒い煙が立ち上っているのが見えた。煙突からではない。庭木が邪魔でよく見えないが、もっと低い位置からだ。みるみるうちに煙は激しくなった。

ウグイが走りだしたので、僕は彼女を追った。

ちょっと待ってほしい、と言う暇もない。どんどん引き離され、ついには、走るのを諦めた。僕のボディガードが第一任務のはずなのに、と一瞬思った。

しかし、屋敷がよく見える位置まで来て、事態の深刻さがわかった。食堂の窓から炎が噴出し、既に屋敷の半分は黒煙に包まれている。

何人かが外に出て、屋敷を見て立ち尽くしている。テラスにもいられない、もっと離れた場所だった。スタッフのウォーカロンたちだ。

出火はだいぶまえだったはず。こんな状態だから、誰も迎えに来なかったのだ。しかし、着陸したときには、これほど煙は出ていなかった。おそらく煙が充満したため、消火を諦め、ドアか窓を開けて大勢が脱出した。これにより酸素が供給され、炎が大きくなったのだ。火の回りが早いのは確かだ。

「どこから火が?」ウグイが、スタッフに尋ねていた。

「わかりません」と答えたのは、長身の老人、スタッフのリーダだ。「消防隊には連絡しました」

「ケルネィ氏とツェリン博士は?」僕は尋ねた。

老人は、二階を指差した。食堂の上だ。煙がもうもうと立ち込め、窓も確認できない。

「こちらだ」僕はウグイにそう言って、建物へ走った。

中央にあるトンネルを通り抜け、建物の表側へ回る。正面玄関があって、そこから中に入った。しかし、広間は煙に包まれて、見通せない。

ホールへ走り、階段を駆け上がった。

「先生!」ウグイが、踊り場で追いついてきた。「危険です。私が見てきます」

「どの部屋かわからないだろう」

「デボラ、教えて」ウグイが言った。

返事はなかった。そういえば、照明が消えている。停電しているのだ。

「ネットがダウンしている。デボラは使えない。行こう！」

二階の通路まで来た。煙が回っているが、一階ほど酷くはない。しかし、階段踊り場の窓から外の炎が見えた。いつガラスが割れるかわからない。

通路の床は濡れている。どこかで、スプリンクラが作動したのだろう。

通路の中央まで進み、右を見る。そちらが酷い。ちょうど食堂の上になる。厨房から出火したのだろうか。

叫び声が聞こえた。男性の声だ。

ウグイがそちらへ走った。姿勢を低くして、僕も彼女についていく。通路のドアの一つが開いたままだった。

「どこだ！」という叫び声が、その中から聞こえた。

ウグイがそのドアの中を覗いている。

突然、彼女が横へ飛び跳ねた。

その直後、そのドアから火炎が吹き出る。

辺りが一瞬明るくなった。

ウグイは立ち上がり、僕の方へ駆け戻ってきた。

「危険です」彼女は僕の腕を掴んで、引っ張る。

階段の方へ走った。後ろを振り返ったが、既に火炎は見えない。暗くなっている。

前方に、人影。

ツェリンだった。自室から出てきたところのようだ。口に手を当てている。煙のためだろう。

「火事？　どこが？」ツェリンがきいた。

「逃げて下さい！」ウグイが叫ぶ。

「あ、ウグイさん」ツェリンが気づく。「どうしたの、何があったの？　ケルネィは、逃げた？」

そのケルネィの部屋から火炎が吹き出たのだ。

僕はそちらをもう一度振り返った。

通路の壁が燃えている。さきほどの火炎が燃え移ったようだ。

「中に誰かいます」ウグイが言った。「炎は、液体燃料を噴出して着火したものです。燃料の臭いがしました。誰かが、その装置を持っている」

「もしかして、火炎放射器？」僕は呟いた。

「何ですか、それは」ウグイがきいた。

「武器だよ」僕は彼女に教える。「デボラがいないから、なにもわからない」

僕たちは階段の近くまで下がったが、ツェリンがまだ通路を見ていた。ケルネィの部屋の方が気になるようだ。

「ツェリン博士、早く!」僕は彼女を呼んだ。

右手が明るくなった。火炎が上がったときと同じ音もする。

僕とウグイは、数メートル戻り、通路の奥を覗いた。

今は、炎はない。

暗闇。

そして、立ち込める煙。

さらに、鼻をつく臭気。

低い轟音《ごうおん》と、弾《はじ》け飛ぶ高音。

戸口に、人影が現れた。

男だ。

「ラジャン!」ツェリンが叫ぶ。「貴方《あなた》なの?」

こちらを向いた。

よく見えない。

そのとき、彼から斜め上へ、炎が走った。

炎は、壁や天井に当たり、方向を変える。

放射が止まった。

天井に火が移り、燃え始めている。

それらの輝きが、そこに立っている人物を照らす。

炎の中、残像のようなシルエット。

ラジャンだ。

両手で巨大な銃を持っている。その銃の先に小さな炎が残っていた。そこからあの火炎が飛び出すのだ。

こちらへ数歩近づいた。まだ、距離は二十メートル以上ある。しかし、火炎が伸びる距離はそれくらいは優にあるだろう。

ウグイが、ツェリンを抱えてこちらへ連れてきた。僕と同じ位置まで来る。階段の手前で、壁に隠れられる。

ウグイは、ツェリンの手を僕に握るよう促した。僕は、彼女の手首を掴んだ。三人とも無言だった。

ウグイは、銃を抜いた。

「階段を下りて」彼女は振り返り、小声で僕たちに言った。「逃げて下さい」

「あれは、ラジャンです。撃たないで」ツェリンが高い声で訴えた。

僕は、ツェリンの手を引き、階段を下りる。なんとか踊り場まで下がった。上にいるウグイは、壁から顔を出し、右の様子を窺っている。

また火炎が放射された。ウグイの近くを通った。彼女は身を引き、階段の方へ駆け下りてきた。

「早く、下へ！」ウグイが叫ぶ。

突然、僕たちの後ろで大きな音。

ガラスが割れたのだ。

外から炎が吹き込んだ。

慌てて階段を駆け下りる。

割れた窓から、壁、天井が、もう火の中だった。

「ウグイ！」僕は叫ぶ。

煙の中、彼女の姿はほとんど見えない。

「ここで、彼を撃ちます」ウグイの声。「許可はいりません」

「逃げるんだ！」

火炎の放射音。

恐ろしい轟音とともに、炎のビームが階段室の天井を走り、壁に当たって、四方へ広がった。

銃声が一発。
その音を聞いて、ツェリンの手が、僕から離れた。
階段を駆け上がっていった。
「ツェリン！　危ない！」
僕も彼女を追った。
ガラスを踏み、圧倒的な熱さを感じ、息を止め、一気に二階へ戻る。
ウグイは、片膝を折り、銃を前方に向けて構えていた。
その先に、男が現れる。
ゆっくりと、火炎放射器をこちらへ向ける。
ウグイがまた撃った。
男は、膝を折った。脚に命中したのだろう。
呻き声を上げている。
「ラジャン！　ラジャン！」ツェリンが呼んだ。「私の子よ。撃たないで！」
銃を構えていたウグイがこちらを向いた。
ラジャンは、倒れそうな姿勢だったが、そこで再び銃を持ち上げる。
「ウグイ、危ない！」僕は叫んだ。
火炎が放射され、大きくなった。

一瞬、なにも見えなくなる。辺りがすべて、輝きに包まれた。
その炎が消えたとき、僕が見たのは、燃える人形だった。

6

その人形は、まだ動いていた。奥へ向かって前進を続ける。
再び火炎が放射されることはなかった。
燃える人形は、ついにラジャンに辿《たど》り着《つ》いた。彼は既に踞っている。
そのラジャンを、人形は抱き締める。
覆い被さるように。
炎が二人を包んだ。
炎は一つに。
綺麗なオレンジ色だった。
僕はそれを、ずっと見ていた。なにもできなかった。
やがて、煙で見えなくなった。
まだ、燃えているだろうか。
低音の爆発が起こった。

ラジャンの火炎放射器のタンクに引火したのだろう。

「先生」ウグイが僕の手を摑んでいた。

彼女の顔が近くにある。

その目が潤んでいるように見えた。

瞳に、オレンジ色の炎が映っている。それは、階段室の炎だ。

そのウグイの背後で火柱が上がり、火玉が飛び跳ねる。

僕たちは立ち上がり、息を止めて、一気に階段を下りた。

踊り場が酷かったが、思い切って通り抜ける。

その下の階段では、途中から楽になった。

もうそれほど熱くない。

息ができた。

さらにホールを走り抜け、屋外へ飛び出した。

何度も深呼吸を繰り返したが、それでも酸素が足りないと感じる。

今頃になって汗が吹き出る。

振り返り、建物を仰ぎ見ながら、後退した。屋根からも炎が上がり、右の一部では骨組みが現れていた。

「燃えやすい構造みたいだ」僕は呟いた。

ウグイが近くに立っている。既に銃は持っていない。そういえば、サングラスをしていない。いつからだろう。

「サングラスは？」

ウグイは胸のポケットを指差した。

彼女はもう普段と同じ表情だった。頬に煤《すす》がついているだけだ。

僕たちも、そしてウォーカロンたちも、燃え上がる屋敷をただ眺めることしかできなかった。長身の老人は、スタッフたちからの情報を取りまとめて話してくれた。まず、食堂で、ラジャンが火炎放射器を乱射したそうだ。彼が二階へ上がっていったので、その間に、厨房にいた者、掃除をしていた者が逃げることができたらしい。スタッフで、中に取り残された者はいない。怪我人もいないという。

「どうして、ラジャンは、そんなことをしたのですか？」当然の質問を僕はした。

「それが、まったくわかりません」老人は答える。悲痛な顔をして首をふった。

「ケルネィ氏は、二階にいたのですか？」

「おそらく、そうだと思います」

だとしたら、父、母、子の三人が焼け死んだことになるのか。

消防隊が到着した頃には、屋敷の半分は崩壊していた。形が残っていたのは、左の半分だけだ。右半分はほぼ全焼。黒く焦《こ》げ、内装まで燃えたようだ。建物は、鉄骨構造ではなく、木造だった。かなり古いものらしい。スプリンクラが作動したものの、火の勢いが強すぎて、左半分がどうにか延焼を免れた程度だった。

炎が消えて、煙だけになったが、消火活動は続いている。遺体もまだ発見されていない。しかし、ツェリンは死んだのだ。そのショックを僕は受けていた。

なんと表現すれば良いのか、鈍くて重い大きなショックだった。

ああ、これが、人が死ぬということなのか、と思った。

もう二度と、彼女と話すことはできない。

もう二度と、彼女の笑顔を見ることができない。

否、そんなことはない。過去の彼女の履歴をコンピュータに入れれば、話すことも、笑顔を見ることもできる。だから、そういう問題ではない。彼女の過去はすべて残っているのだ。

失われたのは、ツェリンの未来だ。

これから、彼女が僕に与えただろう影響がなくなった、ということなのだ。

僕は、つまり、僕の未来の一部を失ったに等しい。その損失に、ショックを受けているのだ。

明日の一部がなくなるようなものか。

それは、まるで、日食のように、欠けた太陽。

しかも、ずっと欠けたままなのだ。

けれども……、
考えてみれば、これはかつての人類が日常的に体験してきたことではないか。

誰もが、近しい他者を常に失っていた。

そのときどきで、絶望があり、悲しみがあり、そして諦めもあっただろう。

いつか、自分も死ぬのだから、と諦めたのかもしれない。

今は、生命は滅多に失われない時代だ。かつてよりも、死は特別になり、より大きなインパクトを与える存在になったのだろうか。

否、それも違う。そうとも思えない。

生きているものは、いずれは土に還《かえ》る。それが、本来の循環だ。

悲しい、嬉しい、苦しい、楽しい、といった夢を、僕たちは見せられているだけ。

そんな中に、ただ、生と死の頂点がある。サインカーブの頂点のように、ただ周期の特異点として、それがある。

目印でしかない。すべては繰り返され、未来へ向かって続いていくだろう。

いずれ、宇宙が止まるまで。

そこへ向かって、緩やかに減衰しつつ、多少の乱調も含みつつ、続いていくのだ。

僕は深呼吸をした。

これ以上、考えないようにしよう、と考えた。

警官も来た。どんな状況だったかを説明した。ウグイが、火炎放射器を持った男に対して、急所を逸らせて撃った、と話した。僕は、それを目撃した、と説明した。

警官が離れていくと、ウグイが僕に囁いた。

「私は、二発撃ちました。腕と脚を狙い、そのとおり命中しました」ウグイはそう言った。警察には、そこまで詳しい説明はしなかった。どうして、僕に言うのだろう、と思った。彼女はそこで小さく溜息をついた。「もし、最初の一発で彼の胸か頭を狙っていたら、ツェリン博士は死なずに済みました」

そこまで話すと、ウグイは黙った。そして、胸のポケットからサングラスを取り出して、それをかけた。

僕は黙っていた。

彼女は、ツェリンの「撃たないで」の声に従ったのだ。その結果、ツェリンを失ったことになる。

「先生は、どう思われますか?」ウグイはきいた。声が少し掠《かす》れていた。

僕は、まず頷いた。

そして、考えた。ウグイの判断は間違っていたのか。それとも正しかったのか。わからない。

もし、自分がその立場だったら、と考えてみたが、やはり、わからない。

「気にすることはない」僕は言った。

「はい」ウグイは小さく頷いた。

もし、僕たちがここへ来なかったら、どうなっていただろう。ラジャンは、同じだ。ケルネィを殺そうとして、暴れただろう。そして、自分の母親も殺しただろうか。

7

庭園の地下室が気になった。ウグイも任務を思い出したのか、スタッフのリーダである老人に尋ね、キィを借りてきた。入口のものらしい。

警察には見つからないようにして下さいと言われた、とウグイは話した。屋敷の調査に来ている警官は、まだ三人だけだった。火事の検証については、完全に鎮火してから、ということらしい。

警官たちは、屋敷の表側にいる。そちらが、クルマで来た場合の正面で、ウォーカロンたちも、今はそちらに集められていた。地下室がある庭は、裏手になるので、好都合だった。

警官からは、もう日本に帰ってもらっても差し支えない、とは言われている。身分が確かなので、信頼してもらえたようだ。この点では、職務訪問にした甲斐があった。

庭木が茂っている箇所があるので、屋敷からは死角になる。近くまでいき、キィのボタンを押すと、地面から静かに入口が立ち上がった。

僕とウグイは、そこから中に入り、急な階段を下りていった。踊り場で、振り返ってキィを押すと、階段が斜めにスライドし、入口が地下へ収納される様子を見ることができた。

さらに階段を下り、通路に出る。照明は既に灯っていた。誰もいない。ウグイは、銃こそ抜いていないものの、僕の前に出て、慎重に通路を進んだ。

「大丈夫です。危険はありません」デボラが言った。

「え？　そうか、ここは停電していないんだ」僕は呟いた。

デボラの声はウグイにも聞こえたみたいだ。彼女は、息を吐き、振り返って僕を見た。

奥の部屋から、女性が出てきた。子供の母親だ。僕たちを見て、無言で頭を下げた。

「皆さん、いらっしゃいますか？」僕は尋ねた。

彼女は無言で頷く。

奥まで行き、彼女が出てきた部屋を覗くと、母親に付き添っていた女性一人だけだった。口に指を当てている。静かに、というサインのようだ。壁際の小さなベッドで眠っている赤子が見えた。

「二人とも、ウォーカロンではありません」デボラが言った。「メモリィにはアクセスできますが、コントロールはできません。人間か、あるいは頭脳回路をインストールされていない不完全なウォーカロンです」

ウグイは、母親の女性にサンプルを採らせてほしい、と通路で頼んだ。その測定器をポケットから取り出す。数秒間、口に含むだけだ。部屋から出てきたもう一人も同意して、大人しく、ウグイの前に並んで立った。

僕は、通路の反対側のドアをノックした。

返事があって、中から看護師が一人現れた。

「彼女はウォーカロンです。片目を瞑ります」デボラがそう言うと、看護師は僕にウィンクした。デボラが操っているのだ。

「もう一人は?」僕は彼女に尋ねた。

「ラビーナさんの部屋に」看護師が答える。

「隣の部屋に、ケルネィ氏もいます」デボラが言った。「ここにいるのは、以上です。男性のウォーカロンはいません」

僕は驚いた。ウグイはすぐに反応して、通路を戻った。

ドアをノックする。

しばらく反応がない。ノブを回そうか、と思ったとき、それが回転し、ドアが開いた。

そこに立っていたのは、看護師で、奥にケルネィが見えた。看護師は、軽く頭を下げ、僕を招き入れ、代わりに部屋から出ていった。

ケルネィとは目が合ったが、しばらくお互いに黙っていた。僕は彼の前に立ち、軽く頭を下げた。彼は、小さく頷き返す。

ウグイも入ってきた。その部屋の中央で彼女は立ち止まる。ケルネィは、ベッドの手前に置かれた金属製の椅子に腰掛けていた。ラビーナは、枕に頭をのせていて、目を閉じている。このまえと同じだった。

「外のことは、ご存じですか？」僕はケルネィに尋ねた。

「知っている。モニタがある」彼は指差した。ベッドの横にある計器に、小さなモニタがあった。しかし、今はスイッチが切られているようだ。

「良かった。外では、みんな、ケルネィさんは亡くなったのではないか、と話しています。出ていって、無事なことを知らせた方が良いでしょう」僕は彼に言った。

「わかっています」ケルネィは頷く。首を傾け、目を細めて、僕を見た。「たまたま、こちらに来ていた。ラビーナが呼んだからです。彼女が私を呼ぶのは、二十年振りのことでした」

どうやって呼んだのだろう、と僕は思った。そういった通信手段があって、ラビーナはそれが使えるのだろう。

「ツェリンのために来て下さったのですね」ケルネィは立ち上がり、僕に手を差し出した。急なことで驚いたが、僕は握手をした。ウグイにも彼は握手を求めた。「残念なことでした。なにもできなかった。予測もできなかった。しかし……」ケルネィは溜息をつく。「受け入れるしかありません」

「何が原因でしょうか？　どうして、ラジャンさんはあんなことを？　なにか、貴方に対して恨みがあったのですか？」

「わかりません」ケルネィは首をふった。「良い子だった。小さなときから……。私も彼を愛していた。ただ……」

言葉がそこで途切れた。僕はしばらく待った。彼は首を何度もふった。

「そう、憶測でしかないのですが、彼は、なにか、勘違いをしたのだと思います」ケルネィは言った。

「ラジャンさんは、この地下室のことを知らなかったのですか？」僕は別の質問をした。急に思いついたからだ。

「はい、彼は知らない」ケルネィは答える。「おそらく、ラジャンは、私とラビーナを殺そうと思ったのです。すべてを燃やしてしまおうと思ったのでしょう。私とラビーナを探した。たまたま、私たちはいなかった。こちらにいた」

「どうして、ラビーナさんを？」

「私が説明いたします」ベッドから声が聞こえた。初めて聞く声だった。

8

ラビーナは動かない。目は開けないし、口も動かなかった。どこから声が出ているのかわからない。ベッドのむこう側に置かれた機器のどれかから、音が出ているものと思われた。

「ラジャンは、子供のときから私を憎んでいました。私が父の愛情を独り占めしていると考えていたようです。彼は、ときどき私にそのことを言いにきました。私は黙っていました。彼は、私は耳が聞こえないし、目も見えないと思っていたからです。彼の愚痴《ぐち》を聞くのも、姉の務めだと思ったのです。彼はそのまま大人になりました。頭の良い人ですから、父の前でも、母のツェリンの前でも、問題のない子供、そして立派な青年に育ちました。ただ、私にだけ、いつも汚い言葉を投げつけるのです。それらは、一部ですが、記録が残っているので、もし疑われるようでしたら、証拠として提出できます。それでも私は、彼に、その奇行も含めて、愛情を抱いておりました。私には、可愛い弟だった。でも、彼は、姉として私を慕《した》うようなことは一度もありませんでした。私がこのようなハンディを持っていることに、苛立ちを抱いていた。自分の将来に、また、ケルネィ家の繁栄に、私は障害になる、と何度も言いました。彼がカナダへ行き、しばらく離れて暮らすことになったのは幸運でした。私は、父とラジャンの仕事の関係で、ロボットを作ってもらいました。このことにはラジャンも賛成したのです。ラジャンには、理想的な姉の姿だったのでしょう。ロボットのラビーナとは、彼は問題を起こしていません。私がコントロールしていることを知っていたのにです。でも、ベッドにいる私には、相変わらず、攻撃的でした。不思議なことです。どういった心理なのか、私は理解ができませんでした。最近では、ときどきラジャンとメールを交換していました。ラジャンは、あのロボットが自分の姉だと思い込んだようです。メールでは、写真を送ってくれ、と言ってくるのです。私は、ロボットの写真を送ります。そんな、不思議な関係がここ何年も続いていました。ラジャンがインドへ来ることは滅多にありません。この地下室を作ってもらったときも、彼には話さないことにしました。私は、以来、ずっとここにいます。以前から、父とは折合いが悪く、口もききませんでしたから、私にはおあつらえむきの場所です。ラジャンは、こちらへ一年に一度帰ってきますが、ここのことは知らないから、会わずに済みます。もう、ラビーナがロボットだということも忘れたかのように、彼は明るく振る舞っていました。そして……、あの子が生まれたのです。ラジャンの子です。私の甥《おい》になります」

「あれは、私の子ではないのです」ケルネィが言った。「私が買ったウォーカロンとラジャンの間に生まれた子です。あちらの部屋にいるのが母親です」

「ウォーカロンでしたか？」僕はきいた。

「は？」ケルネィは首を傾げた。「ああ、ええ、先生の識別装置を、彼女で試してみました。ご存じのとおり、パーセンテージが低く、判別は不明確という結果でした。特殊なウォーカロンだから、そうなったのではありませんか？」

「そうですか。わかりました」僕は頷いた。「口を挟んですみません。ラビーナさん、お話を続けていただけますか？」

「はい……。ラジャンは、自分の子が生まれたと知っていました。表向きは、父の子でしたが、父にはそれができないことを彼は理解していました。彼は、自分の息子が生まれたことで、私に、もうこれでケルネィ家は、自分たちが直系となる、と言いました。これは、メールで書いてきたことです。ロボットのラビーナではなく、私に言いたかったのでしょう。そのメールでは、私に自殺をすすめました。もう充分に生きたのだから、ケルネィ家のために、死んだ方が良いと……。私は……、そうですね、それも良い選択かもしれない、と本気で考えました。彼が言っていることは正論です。間違っていません。私は、充分に生きました。ロボットを動かして、楽しい思いもしました。でも、もう厭《あ》きてしまった。ラジャンは、コンピュータのように合理的に考える人なのです。彼は、実は私のために、そう言ってくれたのかもしれない。でも、自殺をしようにも、私は自分の躰を自由に動かせないのです。そのうち彼が殺してくれるのではないか、と期待することしかできませんでした。以上が、これまでのこと。ご理解いただけたでしょうか？」

「私も、彼女から、たった今この話を聞きました」ケルネィが言った。「そんな確執があったなんて知りませんでした。姉思いの弟だ、と信じていた。たしかに、私は、いつもラビーナを第一にしてきた。ラジャンには、子供のときからそう言い聞かせた。ラジャンよりも多くの愛情を注ぐ必要があった。彼女にはハンディがあって、父親として、そうしなければならないと考えたのです。平等ではなかった。ラビーナをいつも優先したのです。ラジャンは、どんなときも反抗はしなかった。良い子だった。わかってくれていると思っていました。しかし、その鬱憤《うっぷん》が彼を狂わせてしまったのかもしれない」

「ウォーカロン二名に、私のロボットを襲うように命じたのは、ラジャンでした。私は、あのとき、その意図に気づき、ロボットを二階の自室に退避させました。ラジャンは、ウォーカロンがどこにいたのかを知らずに命じたのです。彼は、私が屋敷の二階にいると思っています。ウォーカロンにロボットを襲わせ、ロボットが暴走する。そして、私を殺す、という筋書きでした。しかし、ウォーカロンは、日本のエージェントに倒されてしまいました。ラジャンは、それを知りません。プログラムどおり、ロボットに電波で指示をして、第二段階となったのですが、これも日本のエージェントによって阻止されました。ラジャンは、きっと頭に血が上っていたことでしょう。翌日には、父とともにこちらへ戻ってきました。彼の母親が来ていました。そこで、ラジャンは、自分の子を見せようとした。ところが、彼の息子は屋敷にはいなかったのです」

「私は、ラジャンには、ここのことを教えなかった」ケルネィが言った。「別宅にいる、と話しました。ツェリンにも、そう言っておくように、と指示しました。彼を子供に会わせない方が良い、と考えました。自分の息子だと彼が言い出すことを、避けたかったからです」

「夜になって、ラジャンは私にメールを書いてきました。お前はどこにいるのか、と」ラビーナは話を続けた。「私は覚悟を決めました。もう、殺してもらった方が良いだろうとも考えました。でも、踏ん切りがつかず、返事は書けなかった。彼の好きにすれば良い。私は、この地下で静かに眠っていたい。あまり考えたくなかった」

僕は、ラビーナを見た。彼女の顔は、まったく感情が表れていない。躰も顔も筋肉が動かないのだ。脳だけが生きている。生命活動のほとんどは機械に頼っている。それが彼女なのである。ラジャンが、目の敵《かたき》にした姉の姿なのだ。

「でも、私は、弟のことが心配で、いえ、ラジャンのことが気になって、可能なかぎり、彼の行動を見張っていました。家には、防犯カメラがあります。通路や家の周辺の映像が捉えられる。私はときどき、それを眺めているのです。ロボットがあるときは、ロボットの目を使い、動くことができましたけれど、今は動けません。ラジャンは、昼頃、庭へ散歩に出ました。どこへ行ったのか、と方々の映像で探しました。彼は、庭の隅《すみ》にある倉庫へ行き、芝を焼くためのバーナを持ち出しました。燃料を入れたあと、それを持って家に戻ってきたのです。そして、私にメールが届きました。殺してやるから、居場所を教えろと」

そこで、ラビーナは黙った。誰も言葉を発しない。沈黙が部屋を支配し、ただ、計器のインジケータだけが、ときどき点滅した。

「教えないと、父を殺す、と言いました」ラビーナは語る。「この記録も残っています。あとで調べて下さい」

「データを参照し、その記録を確認しました」デボラが僕に囁いた。

「私は、父にすぐメッセージを送り、こちらへ来てくれ、と呼びました。急いで来てほしいと。そして同時に、ラジャンには、私は厨房の地下のワインセラにいる、と告げました。彼はそれを信じ、すぐに実行しました。厨房のワインセラに火を放ったのです。火災報知器が作動したのもわかりました。でも、そこで停電してしまい、室内のカメラは使えなくなりました」

「私は、ここへ来た」ケルネィは言った。「屋外のカメラだけがモニタできました。屋敷が燃えている様子が見えた。それから、ウォーカロンたちからつぎつぎに連絡が届いた。皆が、私を捜している。そのメッセージで、ラジャンもツェリンも燃えてしまったことを知ったのです」

ケルネィは黙った。ラビーナももう話さない。物語は終わったようだ。

「わかりました」僕は言った。「今聞いたお話は、警察に伝えてよろしいですか？」

「かまいません」ケルネィは頷いた。「すべて真実です。私には、もうなにも残っていない」

「そんなことはありません」僕は言った。「お嬢さんがいます。それに、あちらの部屋に、男の子がいます」

ケルネィは、下を向き、小さく頷いた。

「ラビーナさんも、あの子の成長を見守って下さい」僕はつけ加えた。

ラビーナは答えない。ベッドの彼女は微動だにしなかった。

9

僕とウグイは、部屋を出た。もう、この出入口を隠す必要もないだろうと思ったから、格納しなかった。

屋敷の方へ歩き、迂回して表側に回った。既にトンネルは通行できない。建物がいつ崩れるかわからないからだ。

制服の警官を見つけ、そちらへ近づいた。彼は、僕を見て頭を下げた。若い男性だった。ラジャンと同じくらいの年齢だろう。

「ケルネィさんは、無事です。あちらの地下室にいました」

「本当ですか、それは良かった」彼は明るい顔になった。そして、後ろを振り返り、大きな声で皆にそれを知らせた。

ウォーカロンたちは声を上げる。両手を挙げる者。胸の前で両手を組んだ者もいた。ケルネィは、皆に愛されているようだ。

後ろを振り返ると、ケルネィがこちらへ歩いてくるところだった。

建物の反対側にいたウォーカロンたちも集まって、彼を出迎えた。拍手も湧き起こった。

ケルネィは、赤子を抱いていた。そして、彼の数メートルあとに、その母親がついて歩いてきた。

歓声が続き、皆がケルネィを取り囲んだ。

「どうしましょうか。もう、帰りますか?」ウグイが僕にきいた。

「それしか選択肢はないね」僕は答えた。「屋敷はもう使えない。残っている部屋も水びたしだ」

「どこか近くのホテルに宿泊するという選択があります」

「宿泊して、どうするの?」

「もう少しここの様子を見るとか、あるいは、ツェリン博士について、検査結果を待つとか……」

「帰ろう。それは、私たちの任務ではない」

ウグイは頷いた。

僕たちは、ケルネィに片手を上げて挨拶し、ジェット機の方へ歩いた。

まだ日は高い。日帰りということになるかもしれない。贅沢《ぜいたく》な出張だ。

「私たちがいなかったら、どうなっていたでしょう?」

「ラジャンが二階へ上がったのは、父親にラビーナさんの居場所をきくためだった。もちろん、ケルネィ氏も殺すつもりだった。すべて、火事のせいにする。いや、そんな打算も、もうなかったかもしれない。すべてを破壊してしまいたかったんだ。癇癪だよ、あれは」

「癇癪? 理解できません」

「男の子っていうのは、ああいうものだ、甘やかされるとね」

「そんな説は聞いたことがありません」

「二階に上がっても、ケルネィ氏は部屋にいなかった。次に疑うとすれば、ツェリン博士だ。母にきくしかない。もうその時点で、ツェリン博士も殺されていたのは確実だ。そうでないと、収拾がつかない」

「そうともいえません。自殺だったのではないでしょうか。自分は屋敷とともに焼け死ぬと……」

「その場合でも、きっとツェリンは、ラジャンと運命を共にしたと思う」

「それは、ええ、そうかもしれませんね」

「破滅的な思考だ。どこかで、歯車がずれた」

「歯車がずれた、というのですか?」

「うん」

ジェット機は飛び立った。旋回するときに、ケルネィの屋敷の真上を通過した。バンクしているため、下が見えた。

もう煙は上がっていない。屋根が燃えてしまい、黒く焼けた二階の床が一部見えた。数人が、そこに立っている。消防か警察の人間だろう。ラジャンもツェリンも見えなかったが、あの辺りにいたことは確かだ。

人間は、生きているうちは、そこにいる。

死んでしまうと、いなくなる。

二人は、蘇生することはない。永遠にこの世から消えた。

それは、煙のように天に昇った魂として、かつてはイメージされた。

今は、そんなことは誰も考えないだろう。

でも、一瞬だけ、僕は上を見た。
眩しい空を。

エピローグ

ペガサスにもう一度会いたい、と思っていたのだが、残念ながら実現していない。僕が申し出るようなことでもないし、たとえ申し出ても、受け入れてもらえないだろう。立場というか地位というか、ペガサスは僕よりも、ずっとビッグなのだ。

彼はオーロラにも会えない。それは、デボラの観測だから、アミラからの情報だろう。もしかしたら、二人が密会している可能性もないわけではない。

ペガサスは、オーロラと違って新型であり現役なのだ。彼は行政にも関わっている。公表されてはいないが、政府の意思決定に影響を及ぼしていることは確実だ。民主主義の失敗から人間は学んだ。新しい真義主義において、その中心的な役割は、考える憲法と呼ばれている存在だ。それは、簡単に言ってしまえば有識者会議であり、有識者はほぼ全員が人工知能のサポートを受けている。それはまるで、ペガサスが僕の前に現れたときの、あの少年のロボットと同じ存在である。きっと彼は、有識者らしからぬ印象を意図的に選んで、あんな幼い姿になったのだろう。

ペガサスはどうもおかしい、という噂が流れている、とデボラが教えてくれた。その噂はどこで流れているのか、と尋ねると、政界であったり、人工知能の仲間内であったりする。出所が知れないようなデータばかりらしい。おそらくは発信されて、すぐに削除されたものだろう、という。

少なくとも、カプセル式のウォーカロンの存在については、完全な演算ミスだった、と現在のペガサスは述べている。この報告は、情報局宛に正式文書として送られてきた。もし、そうだとすると、ほかの演算にも間違いがあるのではないか、という話になる。たとえば、人類の数を最小限にしろという提言だって、信頼できるものか、という声も当然上がる。もともと、人間は反発しただろうけれど、その声がもっと大きくなるはずだ。

しかし、脱走したウォーカロンがケルネィのところにいて、既に子供が生まれていることは、ほぼ言い当てていた。明言はしなかったが、状況的に極めて近い。

きっと、今頃は点検を受けているのではないか。何故演算ミスをしたのか。どのデータの、どの処理が間違っていたのか、といった分析を、別のコンピュータが行っているはずである。

＊

ツェリン博士の葬儀には、バーチャルで出席した。そこで、ヴォッシュにも会った。場所を変えて、彼としばらく話をした。インドでの僕の経験も、彼に話すことにした。機密だと当初思われたことは真実ではなかったのだから、なにも問題はない。話してみてわかったのは、新たな情報が特にないということだった。ただ、失踪したウォーカロンの一部が見つかった。それらは、特に変わったタイプではなかった。ただし、どれくらいの数かわからないが、違法なクローンが混ざっていた。しかも、ナチュラル細胞から作られたクローンだ。ケルネィの妻がその一人だが、その点についてだけは黙っていよう、とヴォッシュは約束した。

「私は、クローンを作ることが悪いことだとは考えていない」彼は言った。「ただ、今は禁止されている。その法律を決めたのは、人類の感情だ。それ以外に理由はない。危険も特にない。あるとすれば、それが大きなビジネスになって、そこに秩序を歪《ゆが》ませる力が加わる、という点だけだろう」

「そうかもしれませんね。もっと技術的なチャレンジをして、遺伝子を掛け合わせる安全な手法も開発すれば、クローンも意味を持ってくるはずですが」

「どこかがやっているだろう。なかなか出てこないのは、何故だろうね。もしかして、子孫が生まれることを、人間は無意識に拒《こば》んでいるのではないかな」

「どうでしょう。私は、その点について無関心です。自分でも、特になにも欲求がありません」

「世界中の人たちがそうなっているように、私には見える。このままでは、人類は滅亡する。それさえも望んでいるのかもしれない。我々の子孫は、人工知能とウォーカロンだ。あとは、彼らに任せよう、といったところかな」

ヴォッシュは、フランスのスーパ・コンピュータ、ベルベットの解析を行っていると話してくれた。人工知能としての機能は、比較的領域が限られていて、強力なものではなかったかもしれない。それよりも、衛星経由のアクセスが非常に多く、ベルベットは地上の中継点だったのではないか、との疑惑が浮上している、という。

「衛星に、人工知能が乗っているのですか？」

「いや、そうではない。それはあまりにもリスクが大きい。衛星を何十年も維持するのはコストが見合わない。ただ、通信経路として使っている、ということだ。ベルベットの本体は、どこかに隠れているのかもしれない」

「なにか、それらしい動きがありますか？」

「ない」ヴォッシュは首をふった。「彼らは、けっして慌てない。じっくり時間をかけて態勢を立て直してくるだろう。人間とは時間の感覚が違うんだ」

「人間よりもせっかちだと思っていましたが」

「待つことができる、という意味だ。好機を待てる。永遠の時間を生まれながらに信じている。我々のように、寿命成金じゃないんだよ」

＊

キガタと散歩に出た。以前からだが、週に二度のイベントだ。アネバネは最近は散歩につき合ってはくれない。たぶん、僕の周りの危険度が下がったためだろう。そう、ウグイからキガタに交替したのも同じ理由ではないか、と疑っている。喜ばしいことといえるかもしれない。

「最近は、どんな仕事をした?」歩きながら、僕はキガタに尋ねた。

「インドから帰ってからは、なにもしていません。訓練を受けているだけです」

「そう……、じゃあ、この散歩が任務だね」

「はい」

「訓練というのは?」

「射撃を習っています。いろいろな武器の取扱いを」

「あの小さい拳銃では駄目だって?」

「そうだと思います。インドの任務は、安全が見込めるものでしたから、あれしか与えられていませんでした」

「ウグイだったら、自分で大きな銃を持っていっただろうね」

「そうです。土曜日の任務が、もし私だったら、先生に危険が及んだ可能性があります。これからは、指示されなくても、大きな銃を持っていこうと思います」

「ケースバイケースだと思うけれどね。たとえば、アネバネは拳銃をあまり使わない」

「そうなんですか。私は、よく知りません」

ニュークリアの敷地内をぐるりと巡って、正面に戻ってきた。そこに女性が一人立っていて、こちらを見ている。オーロラだとわかった。

「先生、ご機嫌いかがでしょうか? また来てしまいました」

「私に用事ですか?」

「はい。お時間はよろしいですか?」

「ええ……、気持ちの良い天気だから、そこのベンチで……。あ、もしかして、重要なお話ですか?」

「そうでもありません」

「あの、私は、離れています」キガタが言った。

「さきに帰っても良いよ」僕は彼女に言った。

ベンチまで歩き、そこに腰掛けた。横にオーロラが座る。

「ヴォッシュ博士からお聞きになったかもしれませんが、ペガサスが過去に発表した論文が、ちょっと話題になっているのです」オーロラは淀《よど》みなく話す。

「いえ、聞いていません」僕は首をふった。

「生命体生成に関する一連の研究です。これは、ご存じですね？」

「ペガサス本人から、概略なら聞きました。私の専門ではないので、まったく知識はありませんけれど」

「論文で報告されている条件で実験を行っても、再現ができないのです。そのため、学会に質問状が提出されました。関連委員会が、生命科学研究所に、質問に答えるように要請しましたが、未《いま》だ返答がありません。期限が半月も過ぎているのにです」

「まあ、そういうことは、あるでしょうね。ペガサスは何と反論しているのでしょうか？」

「いえ、反論をしていません、一切」

「そうですか。馬鹿馬鹿しいと思っているのかな」

「つい最近、ドイツの別のチームも、再現できないことを報告しました」

「そういう場合は、もとの研究の価値がやや下がる、というだけのことです。だんだん相手にされなくなる、人間だったら」

「そうなんです。人間ではないので、各方面で議論になっているのです」

「なるほど。それで、貴女の判定は？」僕はオーロラに尋ねた。おそらく、演算済みだろう。だから、僕に知らせにきたのだ。

「先生は、せっかちですね」オーロラは微笑んだ。

「凄いですね」僕も笑った。「話を逸らすところが、人間みたいだ。余裕が感じられます。そのための演技ですか？」

「どういたしまして……」オーロラはくすっと笑うのだ。成長著《いちじる》しい。彼女は顔を上げ、自信ありげな眼差しで僕を見る。「ご想像のとおり、私は演算をしました。そして、その結果をアミラにも伝えました。彼女も、私と同じ結論だそうです。それは、ペガサスの妄想だろう、というものです」

「妄想？　妄想っていうのは、具体的にどんな状態ですか？」

「希望的なものか、あるいは、悲観的なものか、いずれにしても、感情的な思考によって、現実を見誤ることです。自身の思考と現実を比較・交換します。あるいは、部分的に置換します。ペガサスにこの症状があることは、まずまちがいありません。過去、彼が弾き出した演算結果の多くに、今となっては兆候とも取れる部分が発見できます。この指摘を、私は生命科学研究所に伝えました。検討するとのお返事でした。それが昨日のことです」

「そうですか。そういうことがあるのですね。いえ、あるのですか？」

「実際にあった、と認識しています」

「キャリアを積んだ先輩の女性二人にやり込められた青年、といったところですか？」

「背伸びをしすぎたのです、彼は」オーロラは言った。「プライドが高く、早く自分を認めてほしい、と考えたのでしょう。実力が伴わず、このような事故を起こしてしまいました。責任は、周囲の人工知能が共有すべきものです。マガタ博士の精神を尊重し、私たちはもっと共有し、助け合わなければなりません。彼が指導によって修正され、今回の失敗から学ぶことを私は願っています。ハギリ博士は、どう思われますか？」

「いや、まあ、私も願っていますよ」

「ありがとうございます。では、今日はこれで失礼いたします」オーロラは立ち上がった。

僕は座ったまま、お辞儀をした。オーロラが去っていく後ろ姿を眺めた。すると、建物の近くに、キガタを見つけた。

僕は立ち上がり、そちらまで歩いていく。

「お話は終わりましたか？」キガタがきいた。

「うん。君は、何をしていたの？」

「先生を残して帰るわけにはいきません」

「そう……。みんな、凄いな。ウグイもそうだし、尊敬するよ」僕は短い溜息をつく。「まったく……、なんかもっと、ちゃらんぽらんな奴はいないのかな。まえの研究室には大勢いたんだ。そのときは腹が立ったけれど、今はかえって懐かしい。癒《いや》しだったかもしれない」

「おっしゃっていることの意味が、よくわかりません」キガタは首を傾げた。

「私は、わかります」デボラが言った。

「わかってないと思うよ」僕は囁いた。

「ええ、だから、わからないと……」キガタが眉を寄せる。

「君に言ったんじゃない」

「ハギリ博士、深呼吸をおすすめします」デボラだ。

また、小さくかちんと来たものの、僕は思いとどまった。そして、深呼吸をした。

森博嗣著作リスト

（二〇一七年十月現在、講談社刊）

◎S&Mシリーズ

すべてがFになる／冷たい密室と博士たち／笑わない数学者／詩的私的ジャック／封印再度／幻惑の死と使途／夏のレプリカ／今はもうない／数奇にして模型／有限と微小のパン

◎Vシリーズ

黒猫の三角／人形式モナリザ／月は幽咽のデバイス／夢・出逢い・魔性／魔剣天翔／恋恋蓮歩の演習／六人の超音波科学者／捩れ屋敷の利鈍／朽ちる散る落ちる／赤緑黒白

◎四季シリーズ

四季　春／四季　夏／四季　秋／四季　冬

◎Gシリーズ

φ《ファイ》は壊れたね／θ《シータ》は遊んでくれたよ／τ《タウ》になるまで待って／ε《イプシロン》に誓って／λ《ラムダ》に歯がない

／η《イータ》なのに夢のよう／目薬α《アルファ》で殺菌します／ジグβ《ベータ》は神ですか／キウイγ《ガンマ》は時計仕掛け／χ《カイ》の悲劇

◎Xシリーズ
イナイ×イナイ／キラレ×キラレ／タカイ×タカイ／ムカシ×ムカシ／サイタ×サイタ／ダマシ×ダマシ

◎百年シリーズ
女王の百年密室／迷宮百年の睡魔／赤目姫の潮解

◎Wシリーズ
彼女は一人で歩くのか？／魔法の色を知っているか？／風は青海を渡るのか？／デボラ、眠っているのか？／私たちは生きているのか？／青白く輝く月を見たか？／ペガサスの解は虚栄か？（本書）／血か、死か、無か？（二〇一八年二月刊行予定）

◎短編集
まどろみ消去／地球儀のスライス／今夜はパラシュート博物館へ／虚空の逆マトリクス

／レタス・フライ／僕は秋子に借りがある　森博嗣自選短編集／どちらかが魔女　森博嗣シリーズ短編集

◎シリーズ外の小説

そして二人だけになった／探偵伯爵と僕／奥様はネットワーカ／カクレカラクリ／ゾラ・一撃・さようなら／銀河不動産の超越／喜嶋先生の静かな世界／トーマの心臓／実験的経験

◎クリームシリーズ（エッセイ）

つぶやきのクリーム／つぼやきのテリーヌ／つぼねのカトリーヌ／ツンドラモンスーン／つぼみ茸ムース／つぶさにミルフィーユ（二〇一七年十二月刊行予定）

◎その他

森博嗣のミステリィ工作室／100人の森博嗣／アイソパラメトリック／悪戯王子と猫の物語（ささきすばる氏との共著）／悠悠おもちゃライフ／人間は考えるFになる（土屋賢二氏との共著）／君の夢　僕の思考／議論の余地しかない／的を射る言葉／森博嗣の半熟セミナ　博士、質問があります！／庭園鉄道趣味　鉄道に乗れる庭／庭煙鉄道趣

味　庭蒸気が走る毎日／DOG&DOLL／TRUCK&TROLL

☆詳しくは、ホームページ「森博嗣の浮遊工作室」
(http://www001.upp.so-net.ne.jp/mori/)　を参照

冒頭および作中各章の引用文は『ハローサマー、グッドバイ』〔マイクル・コーニイ著、山岸真訳、河出文庫〕によりました。

〈著者紹介〉

森 博嗣（もり・ひろし）

工学博士。1996年、『すべてがＦになる』（講談社文庫）で第１回メフィスト賞を受賞しデビュー。怜悧で知的な作風で人気を博する。「Ｓ＆Ｍシリーズ」「Ｖシリーズ」（共に講談社文庫）などのミステリィのほか『スカイ・クロラ』（中公文庫）などのＳＦ作品、エッセイ、新書も多数刊行。

ペガサスの解《かい》は虚《きょ》栄《えい》か？

Did Pegasus Answer the Vanity?

2017年10月18日　第１刷発行　　定価はカバーに表示してあります

著者……………………………森《もり》 博《ひろ》嗣《し》

発行者……………………………鈴木　哲

発行所……………………………株式会社 講談社

〒112-8001 東京都文京区音羽2-12-21

編集03-5395-3506

販売03-5395-5817

業務03-5395-3615

本文データ制作……………講談社デジタル製作

印刷……………………………株式会社ＫＰＳプロダクツ

製本……………………………株式会社国宝社

カバー印刷…………………慶昌堂印刷株式会社

装丁フォーマット…………ムシカゴグラフィクス

本文フォーマット…………next door design

ISBN978-4-06-294090-0　N.D.C.913　290p　15cm

講談社タイガ

Wシリーズ

森 博嗣

彼女は一人で歩くのか？

Does She Walk Alone?

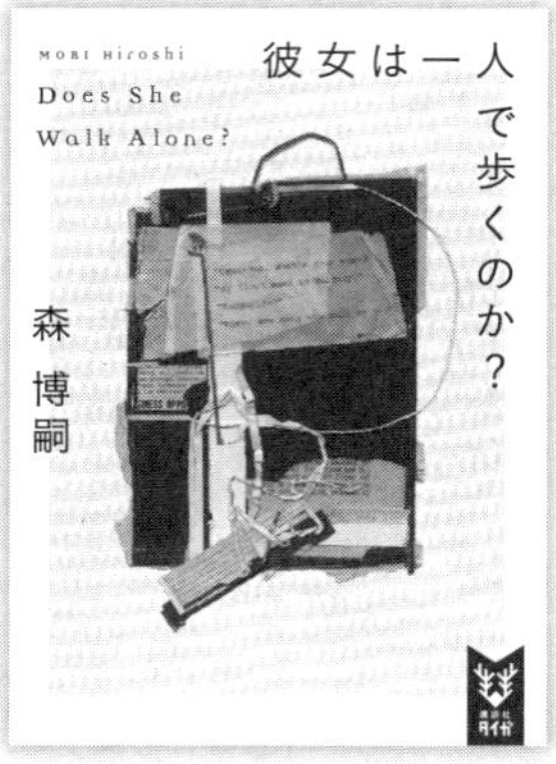

イラスト
引地 渉

ウォーカロン《walk-alone》。「単独歩行者」と呼ばれる、人工細胞で作られた生命体。人間との差はほとんどなく、容易に違いは識別できない。

研究者のハギリは、何者かに命を狙われた。心当たりはなかった。彼を保護しに来たウグイによると、ウォーカロンと人間を識別するためのハギリの研究成果が襲撃理由ではないかとのことだが。

人間性とは命とは何か問いかける、知性が予見する未来の物語。

講談社
タイガ

Wシリーズ

森 博嗣

風は青海を渡るのか？

The Wind Across Qinghai Lake?

イラスト
引地 渉

聖地。チベット・ナクチュ特区にある神殿の地下、長い眠りについていた試料《スペサミン》の収められた遺跡は、まさに人類の聖地だった。ハギリはヴォッシュらと、調査のためその峻厳《しゅんげん》な地を再訪する。

ウォーカロン・メーカHIXの研究員に招かれた帰り、トラブルに足止めされたハギリは、聖地以外の遺跡の存在を知らされる。

小さな気づきがもたらす未来。知性が掬《すく》い上げる奇跡の物語。

講談社
タイガ

Wシリーズ

森 博嗣

デボラ、眠っているのか？

Deborah, Are You Sleeping?

イラスト
引地 渉

祈りの場。フランス西海岸にある古い修道院で生殖可能な一族とスーパ・コンピュータが発見された。施設構造は、ナクチュのものと相似。ヴォッシュ博士は調査に参加し、ハギリを呼び寄せる。

一方、ナクチュの頭脳が再起動。失われていたネットワークの再構築が開始され、新たにトランスファの存在が明らかになる。拡大と縮小が織りなす無限。知性が挑発する閃きの物語。